斧名田マニマニ
イラスト／U35
幼馴染彼女のモラハラがひどいんで
絶縁宣言してやった
自分らしく生きることにしたら、
なぜか隣の席の
隠れ美少女から告白された

一ノ瀬 颯馬
いちのせ そうま
雪代 史
ゆきしろ ふみ

蓮池 千秋
はすいけ ちあき
如月 花火
きさらぎ はなび

「颯馬センパイ、
ほーんと使えないですよねえ。
そんなんじゃ彼氏失格ですよお。
ていうか、別れないでいてあげてるのって、
私の優しさですからね」

「――わかった。じゃあもう別れよう」
「あっ……っ？」

ホッとしながら雪代さんを振り返ると、
目が合った雪代さんが
パタパタと傍までやってきた。

「一ノ瀬くん、ありがとう……！
君は私のヒーローだよ」

微かに頬を染めている雪代さんは
そう言うと、俺だけに
特別な笑顔を見せてくれた。

CONTENTS

幼馴染彼女のモラハラがひどいんで絶縁宣言してやった
～自分らしく生きることにしたら、なぜか隣の席の隠れ美少女から告白された～

斧名田マニマニ

第一話　モラハラ彼女を捨てることにした

「颯馬センパイ、ほーんと使えないですよねえ。そんなんじゃ彼氏失格ですよお。ていうか、別れないでいてあげてるのって、私の優しさですからね」

「――わかった。じゃあもう別れよう」

「へあっ……？」


それまで自信満々に腕を組んで、上から目線で俺を馬鹿にし続けていた花火の口元がヒクリと引き攣った。

病室内に重苦しい空気が澱んでいく。花火から受け続けたモラハラのストレスによって胃に穴を開け、入院する羽目になった俺としては、さっさとこの状況を終わらせたかった。まあ、俺のほうにはもう一斉迷いがないから、すぐに片がつくだろう。

「とにかく今日限り縁を切るってことで。花火だって別れたい的なことをしょっちゅう言ってたし問題ないよね」

「はああっ!?」

花火は俺が反抗するなんて夢にも思っていなかったらしく、鳩が豆鉄砲を食ったような顔をしている。それでもちゃんとかわいく見えるのだから、学園で一、二を争う美少女と呼ばれているだけのことはある。

大きくて小動物のような瞳と、形のいい唇、少し下がり気味の眉、ニキビひとつない陶器のような肌。色素の薄いロングヘアー、華奢（きゃしゃ）な体型と、そのわりに大きな胸。何よりも、どれだけ大勢の中にいても人目を引く、華やかな雰囲気――。花火が廊下を通る時、すれ違う男子生徒は必ず振り返る。花火は男子の理想を、そのまま絵に描いたような外見をしているのだ。

とはいえ俺はこの一個下の幼馴染（おさななじみ）如月（きさらぎ）花火が、容姿だけしか取り柄のない性格ブスであることを、嫌というほど知っている。

「何言っちゃってるんですか、センパイ？　別れる？　あははっ！　そもそもセンパイに別れを切り出す権利なんてないんですよ。センパイはまともな判断なんてできないんですからぁ。まったくなんで突然、調子に乗っちゃったんですか？　ありえなさすぎて殺したいほど腹が立ちます」

ほら、こんな感じに。とんでもないモラハラ女なのだ。

花火は俺が入院している病院までわざわざやってきて、「せんぱぁい、誰の許可を得て入院したんですかぁ？　そもそも軟弱だから、胃に穴が開いたりするんですよ。内臓まで役立たずなんて、使えない男レベル極めるつもりですかぁ？」などと嘲笑うやつなのだから。

　そのうえ、入院しているなんて看護師に甘えたいだけ。今すぐ退院の手続きを取れと言いだした。そして追い打ちをかけるように飛び出したのが、冒頭のセリフである。

「だいたいセンパイの分際で私を振っていいわけないじゃないですか……！　ていうか、なんですか？　もしかしてこの私が彼氏にしてあげてるせいで、調子に乗っちゃった系ですか？　かわいそうなセンパイの目を覚まさせてあげますけど、センパイみたいな役立たず、私以外相手してくれる人なんて絶対いませんから」

「なっ……！」

「たとえそうだとしても、花火と付き合い続ける理由にはならない」

「よかったね。役立たずな彼氏から解放されて。話は終わりだよ。帰って」

　虫を追い払うようにしっしと手を振っても、花火はベッドの脇からどこうとしない。

　やれやれ……。

　溜め息を吐いて立ち上がった俺は、花火の背中を押しながら扉の前へと向かった。

「ちょっとぉ!?　なんなんですかぁ!?　放してください！　私はまだセンパイに言いたいこと

が……っ」

「あ、そう。でも俺のほうにはない。それに花火の顔を見てると吐きそうになるから」

「失礼すぎるんですけど!!　この私にそんな暴言を吐いていいと思ってるんですかっ!?」

「じゃあね。この瞬間から俺とおまえは赤の他人だ」

「ちょ、せんぱ――ッ」

ぎゃあぎゃあ喚（わめ）いている肩をとんと押し、花火が廊下に出たところで、病室のドアを閉めてやる。

扉が閉まる直前、花火が見せた間抜けな顔を、俺は一生忘れないだろう。

こうして俺の逆襲は、見事に成功を果たしたのだった。

――静かになった病室内。扉に寄りかかった俺は、深く息を吐き出した。

もう二度と、あの悪魔のような幼馴染彼女に苦しめられることはないし、花火の望むとおりに生きる必要もない。

胃に穴が開くほどの思いをしたあの事件の時、花火を捨てると決断したのはやっぱり正しかったのだ。

今思えば、十日前のあの出来事で気絶するほどの痛みに襲われたおかげともいえる。その十日前、何があったかというと――。

『センパーイ、そろそろ解散するんで。駅前のサイゼに来てくださいね』

「はぁ……。またか……」

その日、自分の部屋でのんびりしていた俺は、花火から届いたメッセージを見た瞬間、いっきに気が滅入るのを感じた。

花火は高校に入学してからできた友人たちと頻繁に遊びに出かけるようになったのだが、そのたびにこうやって迎えに来いとの連絡が入るのだった。

花火の友人たちは明らかに俺のことを馬鹿にしていて、俺の顔を見ただけでクスクス笑ったり、からかったりしてくる。だから正直顔を合わせたくないのだ。

そう思った途端、胃がキリッと痛んだ。

昔から花火に責められるたび胃痛に見舞われてきたが、ここ最近、確実に痛みが増している。

花火とその友人たちの存在が、相当なストレスになっているのは明らかだ。

いっそのこと迎えに行けないと返信してみようか。

針で刺すような痛みの続く胃をさすりながら考える。

いや、でもそんなことをしたら花火から何時間嫌みを言われるかわかったものじゃない。そのほうが余計ストレスになりそうだ。

「しかも、もう暗い時間だもんな……」

駅から花火の家までの道のりは人通りがかなり多いので安全ではあるものの、花火は子供の頃から暗がりが大の苦手で、一人きりにされたらパニックを起こすレベルなのだ。

その時、再びスマホにメッセージが届いた。

『言い忘れました。五分以内に来てくださいね』

「五分って……」

到底間に合う距離じゃない。でも遅れれば遅れるほど花火の機嫌が悪くなるのは目に見えている。

俺は重い溜め息を吐くと、着のみ着のままの状態で家を飛び出した。

運が悪いことに外は雨。

傘を差してしまうと走るのに邪魔になる。

自分と花火の分の傘を小脇に挟んだ俺は、意を決して雨の中へ駆け出した。

花火に呼び出されてこの道を走るのは何度目だろう……。

俺の家から駅まではそこそこ離れていて、決して楽な道のりではない。

それでも生真面目に走り続け、なんとか十五分後にはサイゼの前に辿り着いた。

着ているロンTは雨ですっかり濡れてしまった。

四月の夜は冷え込み、体から熱がどんどん奪われていくのを感じる。

俺は震える手でスマホを取り出し、到着したとメッセージを送った。

すぐに花火から戻ってきた返信を見て、また溜め息が零れる。

『遅すぎません？　とりあえずそのまま待っててください』

店内のほうを振り返ると、花火たちのいる席が視界に入った。

全員が俺を眺めていて、笑いながら何かを話している。彼らの表情から何かよくない話をされていることは察しがついた。

今思えばこの時点で花火と縁を切って、さっさと帰るべきだった。

いや、もっと言えば、これよりもっと前、花火が俺にひどいことをしたあの時や、あの時やあの時……。

しかし、四歳からずっと花火のモラハラを受け続けて心がおかしくなっていた俺はまともな判断ができず、この時もいつものようにできるだけ波風を立てずに嵐が過ぎるのを待とうとしたのだった。

それにしても……ほんとに寒いな……。

これ確実に風邪ひくだろ……。でもそれより胃が……。痛すぎて深く息が吸えないけど大丈夫かな……。

早く家に帰って胃薬を飲みたい……。

信じられないことに花火たちが大笑いしながら出てきたのは、それから一時間後のことだった。

「ぶはははっ！　マジで一時間待ってたよ！　こっちに賭けて正解だったわ!!」

「てかなんか全身濡れてない!?　キモすぎてウケるんですけどー！」

「やっば!!　ちょっ笑い死ぬっ……!!　髪の簾がワカメ化してるとかっ……！」

友人たちが俺を馬鹿にしながら腹を抱えているのを見て、花火は満足そうな微笑を濃くした。

こいつら俺で賭けをしてたのか……。

でも、今の俺には怒る気力も残っていなかった。

寒いし死ぬほど胃が痛い。

息もまともに吸えなくなり、胃の辺りを押さえながらその場にしゃがみ込む。

花火たちが何か言っているが一切耳に入ってこない。

咳き込み、濡れた地面に血を吐いた俺は気絶する直前に思った。

このまま花火を拒絶しなかったら、ストレスで死ぬ、と……。

これまで俺はどれだけひどい暴言を吐かれても、じっと我慢し続けてきた。

俺が盾突(たてつ)いたりせず、謝っていれば、そのうち花火の機嫌が直り、すべて丸く収まると思っていたのだ。

悔しい思いをしても、惨(みじ)めで泣きたくなっても、とにかく耐えた。

そんな俺を、花火は子供の頃からずっと好き放題にサンドバッグ扱いしてきたのだ。

中学生になって、ほとんど強引に付き合うことを決められてからも、その態度は変わらなかった。むしろ悪化したぐらいだ。

なぜそこまでして花火の傍(そば)にいたのか。それは花火によって、毎日自分の無価値さを刷り込まれていたせいで、まともな判断能力を失っていたからだ。モラハラやＤＶの被害者は、拘束されていなくても相手から逃げることができないというが、それは事実だ。

たしかに俺は花火によって、監禁されていたわけじゃない。でも、花火の暴力的な発言の数々は、言葉の鎖となって、俺の心を縛りつけていたのだ。

使えない、役立たず、彼氏失格、別れないでいてあげるのは私の優しさ——。

ほとんど毎日聞かされてきて、麻痺していたけれど、こんな言葉の数々を浴びせられて黙っているなんて異常だった。

代償として胃に穴が開くことにはなったけれど、完全に手遅れになる前に我に返れて本当によかった。

これで、十三年に渡る花火との関係は終わりを迎えたのだ。

もう俺は自由。花火のモラハラに支配されることはない。

長年、肩にのしかかっていた重石(おもし)が取れたかと思うとめちゃくちゃ気分がよかった。

第二話　命令されるまま伸ばしていた前髪を切ったらイケメン認定された

『センパイ！　今すぐ私に許しを乞うべきじゃないですかっ!?』

病室から追い出された花火は、閉ざされた扉をドンドンと叩きながら喚いていたけれど、すぐに看護師さんたちが駆けつけてきてくれた。

『あなた、何をしているの。ここは病院ですよ！』

『……っ、ご、ごめんなさい。ちょっとケンカをしてしまって……。でも、私が悪かったんです。センパイが急に病気になったせいで、取り乱してしまって……』

扉の向こうから、そんなやりとりが聞こえてくる。

花火の声は俺を罵っていた時とはコロッと変わり、愛想のいい優等生のものになっている。

その声音には、心底申し訳なさそうな感情が滲んでいるし、どことなく媚も含まれていた。

俺に対してはひどいモラハラ女な花火だけど、他の人間の前ではいつもこんなふうに態度を変えるのだ。

後から知った情報によると、モラハラをする人間は男も女もそういうタイプが多いらしい。
外面がよく、社交的な、サイコパス。

『今日はこれで帰ります。ご迷惑おかけしてすみませんでした』

これ以上粘ると心象が悪いと思ったのか、花火はそんな言葉を残して去っていった。

そのあと、スマホに怒濤のごとく電話とメッセージがきたけれど、すべて無視したことは言うまでもない。

一通届くごとに、メッセージの中の花火の機嫌が目に見えて悪くなっていく。

＊＊＊＊＊＊＊＊＊＊＊＊＊＊＊＊＊＊＊＊＊＊＊＊

【花火】気分悪いんでさっさと謝ってくれません？　18：20既読

【花火】既読つけといて、返事にどれだけ時間をかければ気が済むんですか。

【花火】センパイってほんっとうに愚図ですよねえ！　18：55既読
ていうかそんな態度を取られる筋合いないんですけど。私がこれまでどれだけセンパイの面倒を見てあげたと思ってるんですか。そういう恩を忘れて、こんな態度を取るとかゴミ屑以下ですよね。センパイみたいなダメ人間が、自殺したくならず、生きてこれたのって完全に私のおかげですから。私を振ったりしたら、センパイ死ぬしかなくなっちゃうんですけど、わかってます？　18：57既読

【花火】そっちがその態度なら、こっちにも考えがあるんで。これからどんな地獄が待っているか、楽しみにしていてくださいね　19：12既読

【花火】そもそもセンパイは友達だって一人もいないし、私が傍にいてあげなければボッチ確定ですよ。どうぞ明日から孤独で惨めな人生を送ってください。私のありがたみを思い知る未来が想像できますね？　19：45既読

【花火】ていうか、縁を切るとか言っといて、結局私のメッセージを見てるし、未練全開でうけるんですけど！　19：59既読

＊＊＊＊＊＊＊＊＊＊＊＊＊＊＊＊＊＊＊＊＊＊＊＊

正直ちょっと笑ってしまった。

だって、未練なんてあるわけないのに、花火は何を勘違いしているんだ？

「なんでも自分の都合のいいように解釈する癖は、相変わらずだな」

むきになってメッセージを送ってくるので、なんとなく眺めていたが、飽きてきたし切り上げよう。

まずは、【如月(きさらぎ)花火】を着信拒否にした。

繋がっていたすべてのＳＮＳもブロックする。

「うわ。なんだろこの解放感。胃もすっきりした」

こんなことなら、早く花火の存在を切り捨てておけばよかった。

「……まあでも、今振り返るとほとんど洗脳されてたようなもんだしね」

――センパイは役立たずだから、私がいないと生きていけない。

――自分がどれだけ価値のない人間かわかっています？

花火は俺のすべてを否定し、俺の行動の何もかもにダメ出しをしてきた。

「とりあえず、花火に禁止されてたことをしてみようかな」

きっと、自分はもう自由の身だということを、ますます実感できるだろう。

花火と縁を切ったらいっきに胃痛の症状が治まったため、翌々日には病院を無事退院できた。

俺はさっそくヘアサロンに行くことにした。

ずっと眼の下まで伸ばしていた前髪をバッサリ切るために——。

どうしてそんな髪型をしていたか。

それも花火の発言によって傷つけられたことが原因だった。

「颯馬くん、自分の顔を鏡で見たことある？」

「えっ。う、うん」

これはまだ花火が俺を『センパイ』と呼びはじめるより昔の話。小学校三年生の時のことだ。

「ふうん。あるのに平気でいられるんだ」

「ど、どういう意味？」

「私がもし颯馬くんみたいな顔だったら、絶対に隠したくなるなあって。そんな顔じゃ、そのうちいじめられるようになっちゃうかもしれないよ？」

「……っ」

「かわいそうな颯馬くん。少しでも顔が見えないように、前髪伸ばしたほうがいいよ。絶対」

「……でも、前が見えないんじゃ」

「は？」

「……」

「あのねえ、自分から見えないなら、相手からも見えないんだよ。そのぐらいもわからないの？　本当に颯馬くんってバカ。ね？　伸ばすよね？」

俺はそれ以来、花火に言われるがまま、ずっと暖簾（のれん）のような前髪で生きてきたのだった。

でも本当はずっと切りたかった。

髪が頬に触れるたび、チクチクして痛痒（いたがゆ）いし、視野がすごく狭くなる。

それに髪型のせいで「暖簾くん」「髪型お化け」とあだ名をつけられ、避けられているのも知っていた。結局、前髪を伸ばしても伸ばさなくても、爪弾（つまはじ）き者にされる運命だったのだ。

それならもう覚悟を決めて、自分のしたい髪型にすればよかったんだ。

髪を切ると、びっくりするぐらい目に映る世界が変わった。太陽の光は眩（まぶ）しく、街路樹の緑は青々と美しい。そのせいか気持ちもなんとなく明るくなる。

視界が開けるだけで、こんなにも違うものなのか……。

しかし、驚きはそれだけじゃなかった。

翌日、数日ぶりに登校すると、俺を見たクラスメイトたちが一斉にざわつきはじめた。

女子に至っては、ほとんど悲鳴に近い声を上げている。

「きゃっ……誰、あのイケメン……!?」

「えっ!?　えっ!?　転校生!?」

「やあああっ、めちゃめちゃタイプなんだけどぉお！」

え？

イケメンだと騒いでいる女子たちは、明らかに俺の方を見ている。

きょろきょろと辺りを見回すが、俺の周りには誰もいない。

まさか……俺のことを言ってる……？

俺が困惑しながら自分の席につくと、近くの席の男子が明るい笑い声を上げた。快活な雰囲気のその男子生徒は相原陽太（あいはらようた）という名で、クラスのリーダー的なポジションにいる。

「そんな驚いてるって、もしかして自分がイケメンだって自覚がなかったのか？」

相原が笑顔のまま俺に話しかけてくる。

いつも明るい相原は誰からも好かれる人気者で、いわゆる学園ヒエラルキーの頂点に位置し

ている生徒だ。自分がそんな男子に話しかけられたことにも驚きながら、俺は返事をした。

「イケメンって……そんなこと言われたの初めてだよ」

わけがわからないままそう答えると、相原から苦笑が返ってくる。

「だって昨日までは前髪で顔がまったく見えなかったからなあ」

「……それは、まあ、たしかに」

相原が人気者だからか、さっきの女の子たちも会話に参加しようと、俺の席の近くまでやってきた。

「まさか一ノ瀬(いちのせ)くんだったなんて！　別人みたいだよ!?」

「うんうん！　一ノ瀬くん、髪切ってすごくよくなったね!!」

「ほんと。うちのクラスにこんな原石が隠れていたなんて……!!」

女子たちは手を取り合ってはしゃいでいる。からかわれているのかと思ったけれど、誰一人バカにするような表情は浮かべていないので、そういうわけでもないらしい。

「ねえ、一ノ瀬。どうして急にイメチェンしようと思ったの？」

相原が尋(たず)ねてくる。

「え、えーと……気分転換的な？」

まさか花火とのことを話すわけにもいかないので、無理矢理ごまかした。

「なるほど。でも俺も、その髪型のほうが絶対いいと思うよ！」

相原の言葉に女子たちが何度も頷（うなず）く。

相変わらず戸惑う気持ちはあるが、態度や表情からみんなが褒（ほ）めてくれていることは伝わってきた。

この新しい髪型が俺に合っていたってことなのかな？

なんだか気恥ずかしい。

クラスメイトたちと会話ができている事実も、俺を動揺させていた。だって、小中高通してもこんな経験初めてだ。

今までクラスメイトに対して勝手な苦手意識を持っていたが、そもそも俺がみんなから避けられていたのは「髪型お化け」だったからで、間違いなく自分のせいだ。

……俺が一般的な生徒と同じようになれば、みんな普通に接してくれるのか。

「……あの、褒めてくれてありがとう。うれしかった」

照れながらそう言うと、なぜか女子たちはボーッとした顔になり静止してしまった。

え？　この反応はどういうことだろう？

「……一ノ瀬はいろんな意味で自覚が必要そうだな」

笑いを押し殺した相原が親しげに肩を叩いてくるが、女子たちの反応と合わせていまいち意味がわからない。

花火以外の他者と接してこなかったから、俺はコミュ力のレベルが低すぎるのかもしれない。花火から自由になった今、俺もちゃんとした友人がほしいので、そういった面での努力もしていきたい。

「今まで殻に閉じ込もるような俺の態度がクラスの雰囲気を悪くしてたらごめん。今後はみんなともっと話したいと思ってるから、よかったら仲良くしてほしい」

勇気を出してそう伝えると、相原も女子たちも、もちろんだと笑ってくれた。

——その日、『暖簾とあだ名されていた男が、実は隠れイケメンだった』（俺が自分で言ってるわけじゃない。本当にそうやって騒がれてしまったのだ）という噂は、あっという間に学校中を駆け巡ったのだった。

第三話　校内で存在を無視され続けてきたから

俺は花火と中二の頃から付き合っていたけれど、そのことを誰か他の人間に話したことはない。なぜなら花火に口止めされていたからだ。

「だってほら、私って誰もが認める美少女じゃないですかぁ？　そんな私がセンパイと付き合ってるなんて、釣り合いがとれなさすぎで、大騒ぎになっちゃいますもん。私も趣味を疑われたくなんかないですし。ということで絶対誰にも言わないでくださいね？」

改めて振り返ると、花火から付き合おうと言いだしたくせに意味不明すぎる。そもそも付き合うことを強要してきた時の言葉だってありえないのだ。

「センパイってこの先一生死ぬまで彼女なんてできるわけないですよね。女の子が彼氏にしたいと思う要素ゼロっていうか、むしろマイナスのほうにメーター振り切ってますし。そんなセンパイがあまりにも哀れなので、私が彼氏にしてあげますよ。何の取り柄もないだめだめなセンパイのだめさ加減を許してあげられるのなんて世界中で私だけですから。わかります？　付き合ってあげる私と、付き合ってもらうセンパイとはまったくこれっぽっちも対等なんかじゃないんで、センパイに断る権利なんてありませんから」

安定のモラハラ発言だ。まったく、あの時花火の圧に負けずにしっかり断っておけばよかった。

付き合いを隠すという約束どおり、その後も花火は校内で俺の存在を無視し続けた。

たとえば廊下ですれ違うことがあっても、ツンと前を向いて無言で通り過ぎていく。

そういう時に俺から視線を逸らすと、なぜか後になってめちゃくちゃ怒られるので、俺は花火を崇拝する他の生徒と同じように、一方的に彼女の後ろ姿を眺め続けるのだった。

でも、もうそんなことからも解放されたのだ。

その事実に気づいたのは、昼休みに渡り廊下で偶然花火と遭遇したからだった。

普段の俺はこういう時、大概一人で行動していたけれど、今日はクラスメイトに囲まれている。

朝、話をしたクラスメイトたちから「一緒に学食に行かないか?」と誘われたのだ。

常にボッチ飯だったから驚いたなんてもんじゃない。きっと、俺が朝あんなことを言ったので、気を遣ってくれたのだろう。

声をかけてくれたことはうれしかったので、誘いはありがたく受けることにした。

「……いやーでも、一ノ瀬がこんな普通に話せるやつだったとはな。こんなことなら、こっちからもっと早く話しかけておけばよかったよ」

学食に行こうと率先して声をかけてくれた相原が言う。壁を作っていたのは俺なのに、相原をはじめとするクラスメイトたちは申し訳なさそうな表情を見せた。

「俺のほうこそ今まで絡みづらい空気出しててごめん。みんなと話せるようになってよかったよ。さっき誘ってくれたのもすごくうれしかったし」

「一ノ瀬……。おまえ、顔だけじゃなくて性格もいいんだな……」

「いやいや、顔も性格も普通だよ」

そう言って笑いかけたら、なぜか女子たちが「きゃっ！」と叫んで真っ赤になってしまった。よく見たら女子だけでなく、男子たちも頬を赤らめている。

え？　なんだろ、この反応。

「おい、一ノ瀬！　おまえ国宝級の美形なんだから、そんな簡単に笑顔を振りまいたらだめだって……！」

「国宝級？　あははっ、なにその冗談」

俺が声を出して笑うと、さっきよりもっと大きい声で女子たちがキャーキャー言いだした。

みんなの反応に首を傾げながら顔を上げた時——、俺は渡り廊下の先に花火がいるのに気づいた。

花火のほうは先に俺を見つけていたらしく、腰に手を当てたポーズで仁王立ちしている。

あれは俺にキレまくってる顔だ。

病室で伝えた別れ話か、着信拒否したことか、ＬＩＮＥを無視したことか、髪を切ったことか。

その全部が理由かは知らないけれど、腸が煮えくり返っているのだろう。

まあ、もう俺の知ったことじゃない。

そのままクラスメイトたちとともに、花火とすれ違おうとすると――。

「ちょっと……！」

存在を無視されるなんて思ってもいなかったのか、露骨に取り乱した花火が慌てた声で呼び止めてくる。学校ではしゃべらないっていう、花火自身が作ったルールを無視して――。

そんな花火を見て、隣にいた相原が「知り合い？」と問いかけてきた。

俺は相原から花火に視線を移し、そしてゆっくりと首を横に振った。

「いや、赤の他人」

言葉をなくして息を呑んだ花火は、茫然と俺のことを見つめてきた。両手できつく握りしめているスカートには、深い皺が寄っている。

縁を切ると伝えたことの意味を、今になってようやく理解したかのような反応だ。

俺にはもう関係ないけど。

そう思いながら、今度こそ花火の横を通り過ぎる。

花火が背後から突き刺すような視線を向けてきているのを感じたが、俺は一度も後ろを振り返らなかった。

第四話　隣の席の雪代さん／待ち伏せする花火

その日最後の授業は、数学教師の都合で自習になった。

みんな一応自分の席について配られたプリントを進めているものの、私語は絶えない。

ただ、俺の前後左右はおとなしい生徒ばかりなので、自習時間の前半に集中してプリントを終わらせることができた。

残り十五分か。

結構余ったな。

何して過ごそうかと迷いながら周囲を見回すと、ちょうど隣の席の女子が鞄（かばん）の中から文庫本を取り出すところだった。

彼女の名前は、雪代史（ゆきしろふみ）。

栗色のふわふわした髪を緩（ゆる）く三つ編みにしていて、授業中だけ大きめの眼鏡をかけている。

スカート丈（たけ）はクラスで唯一膝下（ひざした）まであり、他の生徒とはなんとなく違う感じがする。雰囲気のある子だ。

その時、窓から吹き込んだ初夏の風が、彼女の指先から栞を奪い取り、俺の足元へと運んできた。

「あ……」

消え入りそうな声で、彼女がそう呟く。

こちらに向かって手を伸ばしていいものか迷っているのは、声の調子からわかった。

俺は身を屈めて栞を拾うと、彼女に差し出した。

「……ありがと」

「どういたしまして」

そう答えたら、彼女が「えっ」と声を上げた。

「なに？」

「……初めてしゃべってくれたから」

「あ……」

不意に、かつて花火に言われた台詞が脳裏を過った。

『私以外の他の女の子と二人きりで話したいって思ったこと、まさかないですよね？　万が一やらかす前に教えといてあげますけど、相手に迷惑がかかるので絶対やめたほうがいいですよ。

誰とも話せないかわいそうなセンパイの相手は、この優しい私がしてあげますから。いいですか、一生私だけですよ？　わかりました、センパイ？』

花火に文句を言われるくらいなら、誰ともしゃべらないほうが楽でいい。

だから俺は花火がいてもいなくても、女子と二人で話す機会をひたすら避けてきた。

まあ、もう関係ない。

「俺、まったく馴染もうとしていなかったし、態度が悪くて嫌な思いをさせてたかも。ごめん」

反省しながら目を見て謝ると、なぜか彼女は一瞬で真っ赤になってしまった。

え……？

「あの、どうかした？」

「あっ！　ううん、なんでもない！　それより、嫌な思いなんて全然してないから気にしないでね……！　えっと、私、雪代史。よろしくね」

「こちらこそよろしく。でも、名前は知ってたよ」

「ほんと？　うれしいな」

雪代さんがにこっと微笑む。

大ぶりの眼鏡の印象が強すぎて今まで気づかなかったけれど、よく見たら雪代さんはかなり

かわいかった。

花火みたいにやたらと人目を集める派手な美少女というわけではないけれど、柔らかい雰囲気と素朴（そぼく）さが魅力的だ。

「一ノ瀬くん、髪を切ったら、いっきにクラス中から注目されちゃったね」

「あー。でもすぐみんな飽きると思う。珍獣みたいなもんだろうから」

「ええ、珍獣？　一ノ瀬くん、面白い」

雪代さんは口元に手を当てて、控えめな声でクスクス笑った。

花火との会話とは全然違う。

身構えることなく、自然体でいられる。

次に何を言われるのかと不安に感じたり、早く解放されたいと願うこともない。

というか、そもそも花火とのやりとりは、会話というより一方的に責められていることがほとんどだったしな。

「実は私、一ノ瀬くんとずっと話してみたかったんだ」

「え？　どうして？」

「一ノ瀬くんって放課後、花瓶の水を入れ替えたり、ベランダのプランターに水を撒（ま）いたりしていたでしょ？　それで優しい人だなあって思ってたの」

「いや、それは……単なる暇潰しだから。優しいとかじゃないよ」

花火の都合で放課後待たされている間、手持ち無沙汰でやっていただけだ。

……って、雪代さん、俺の暖簾時代から、話したいって思っていてくれたって言ったよな……。俺、めちゃくちゃ根暗な外見してたのに……。

「でも今日、いろんな女の子が一ノ瀬くんかっこいいって大騒ぎしてるから、これからモテモテになっちゃうね……」

雪代さんの横顔はどことなく寂しげだ。どうしてそんな表情を見せるのかわからなくて、俺は首を傾げた。

放課後は、本屋やゲームセンターやマックと、気ままに寄り道をして回った。
今どこにいるか、その都度、花火にメッセージを送る必要もない。
前はそんなことまで義務付けられていて、うっかり忘れようものなら、その後ネチネチと何時間も嫌みのＬＩＮＥを送られたものだ。
おかげで俺はＬＩＮＥの着信音が鳴るたび、心拍数が上がるようになってしまった。

でも多分、そんな恐怖心もそのうち薄れるだろう。

だってもう二度と、あいつは俺にメッセージを送ってこられないのだから。

あれこれ見て回っているうちに、気づけば辺りはすっかり暗くなっていた。

家では母親が夕飯を作って待っている。

そろそろ帰るかと思い、最寄り駅に戻った。

今日は一日、とても充実していた。寄り道もそうだし、学校生活自体も。雪代さんを含めたクラスメイトたちと話せるようになったことは、俺にとってかなり大きい。

学校って案外楽しい場所なのかもしれない。

今まで花火に言われるまま狭い世界に閉じ込もり、花火以外の人と関わりを持たないできたことを心から後悔した。でも、まだ遅くはないはずだ。これから学校生活を満喫し、友だちを作っていけばいい。

こんなふうに思ったこと、小中高通じて今まで一度もなかった。

俺が満たされた気持ちで鼻歌交じりに歩いていくと、家の近所の公園の前に人影が見えた。

公園の門に寄りかかっていたその人物は、俺に気づくとゆっくり体を起こした。

夕日に照らされた長い髪がさらりと揺れる。

ノスタルジックな雰囲気の夕暮れ時――。そんな背景も含めて、まるで美少女を描いた一枚絵のような光景だけれど、こんなものは偽り（いつわ）の美しさだ。

それを証明するかのように、目の前の人物は歪（いびつ）な微笑みを浮かべた。ひねくれた心をそのまま表しているかのような笑い方だと思った。

「おかえりなさい、せ・ん・ぱ・い」

第五話　もう他人なのだと再認識させる

「遅かったですねえ？　私、ここで二時間もセンパイのこと待ってたんですよ」

街灯の下、公園の壁に寄りかかっていた花火（はなび）が、勢いをつけて体を起こす。

そのまま、もったいぶった足取りと態度で、俺の前までやってきた。

気味が悪いほどの笑みを浮かべて。

「寄り道したらだめだって、ちゃんと教えてあったのに。どういうつもりで私の決めたルールを破ったんですかぁ？　――って、ちょっと！　無視して通り過ぎるとかありえないんですけど!?」

俺の前に回り込んだ花火が通せんぼするように両手を広げる。

やれやれ……。

「何？」

「何じゃないですよ！　私がわざわざ待っていてあげたんですよ！」

花火はいつもこの調子で「してあげた」という言い方をしてきた。

こうやって、こちら側に「してもらった」「申し訳ない」という気持ちを刷り込んでくるのだ。

花火の呪縛から逃れられた今はもう、そんなふうに思わないけれど。

だって待っていてほしいなんて頼んでないし、それどころか俺は心底げんなりしている。

「ていうか、私、センパイのクラスメイトにも腹が立ってるんですよね。私に見捨てられたセンパイはぼっちになって、私のありがたみを思い知るはずだったのに……。なんなんですか……。あんなふうにチヤホヤされるのとか想定外すぎて許せない……」

そういえば送ってきたメッセージの中でも似たようなことを言っていたな。

花火は、自分と離れたことで俺が不幸になることを望んでいたようだが、真逆の結果になり、心底悔しそうにしている。もちろん相手にするつもりはない。

「そんなくだらないことを言うために二時間も待っていたのか？」

「くだらないこと!?」

「それから俺たちはもう他人だから。こういうことされても困る」

「……っ。それってつまり……本気で私と別れるつもりですか？」

花火は笑顔のままだったけれど、目がまったく笑っていない。

「そう。言ってる」

「私と別れたりしたら、センパイはまともに生きていけませんよ」

「花火といるほうが俺はまともじゃなかった」

「センパイってばかわいそう。今日一日ちやほやされたぐらいで、身の程がわからなくなっちゃったんですねえ。そういうところがだめなんですよ、センパイは。見た目だけで価値を判断して近づいてくるようなやつらなんて、カスに決まってるじゃないですか。それもわからないようなセンパイが、私なしでどうやって生きていくんです？　こんなふうに言ってくれる人なんて、他にはいませんよ。わかってます？」

花火が俺の腕に指を絡めて、くっついてくる。そんな態度も、洗脳するような言葉も、まったく響かなかった。

俺が今日一緒に過ごしたクラスメイトたちは花火が言うような人たちじゃなかったし、誰とどう付き合っていくか口を出される筋合いはない。

花火はもう俺の彼女じゃないんだから。

「センパイみたいな欠陥人間には、指示を出してくれる存在が必要なんですよ。ほら、はやく私に謝ったらどうです？　センパイが空気の読めない行動で私をイラつかせることなんてしょっちゅうなんで、私も慣れてるんですよ。センパイのおかげで、おおらかな心で許すことを覚えましたし。でもちゃんと真心を込めて謝ってくださいね？」

「それは無理だよ。だって花火と縁を切ったことを、俺は微塵も悪かったと思ってないから」

「……っ」

「今の話を聞いて、ますますその気持ちが強くなった。俺の人生に花火はいらない」

花火は大きな目を見開いて固まった後、凶悪に顔を歪ませて引き攣ったような笑い声を上げた。

「あ、あはっ！　ほんっっっと、むかつきます……。センパイみたいなわからず屋、こっちから振ってあげたいくらいです！」

「別れてるからそれは無理だと思う」

「私は許可してませんっっ!!」

花火が髪を振り乱して、俺を睨みつけてくる。

「さんざん別れたがってたくせに、何言ってるんだ？　ほら、もういいだろ。そこどいて」

「私本当に怒ってますから。——センパイ、覚えててくださいね？」

花火は昼間、渡り廊下で俺に置き去りにされたことがよほど屈辱的だったのか、俺が立ち去ろうとする空気を出した途端、慌てて去っていった。

もちろん俺は振り返ったりしない。

ちなみに花火が言った「覚えててくださいね」という言葉は、秒で忘れてやった。
でもとにかく、花火側も別れることを受け入れてくれたのだから一安心だ。

第六話　別の男に乗り換えたアピールとかまったく効果ないから

夕暮れの公園で花火と話した日から数日、俺はめちゃくちゃ平和に過ごせている。

登下校時にほとんど毎回、花火と遭遇したりはするが。

もちろん花火のほうを見ているわけではない。でも、なぜか気づくと視界の端に花火が見切れてくるのだ。

とはいえ接点と言えばそのぐらいだし、向こうから話しかけてくることもなくなった。

ただ、ひとつだけ引っかかる——というか謎な点がある。

絶縁する前の俺は、毎朝、花火を迎えに行かされ、必ず家の前で三十分以上待たされていた。

髪型が気に入らないとか、朝の情報番組で気になる特集をしていたとか、花火は毎回自分勝手な理由で約束の時間を大幅にオーバーするのだ。

あの頃と家を出る時刻は変わらないが、もう花火に待たされることはないので、駅に着く時間は自動的に三十分早くなった。

それなのになぜか俺より先に花火がホームにいるのだ。花火がちゃんと支度を早くできることが、俺としてはかなり衝撃的だった。

もしかして、当時の花火はわざと俺を待たせていたのだろうか？

忠犬のように待つ俺を眺めて面白がるために。

花火ならやりそうな話だ。今となってはもうどうでもいいけど。

花火は公園で話した翌日から、男子生徒と一緒に登校しはじめた。

たしかその男子生徒は俺と同じ二年で、陸上部のエースだったはずだ。

男を連れているということは、花火にとっても俺が過去の人になったということだろう。心底ホッとしたのは言うまでもない。

周囲に見せつけるかのように甘えているから、花火はその男子生徒にかなり入れあげているようだ。

今も目の前で、これでもかってくらいいちゃついている。

「ね～え、桐ケ谷くぅん。花火のことどのくらいちゅき？」

「もちろん誰よりもはーたんのことが好きだよ！」

「もおおっ。誰よりもって言い方、誰かと比べられてるみたいでやだよぉ！　そんな桐ケ谷くんには花火のことしか考えられなくなる魔法をかけちゃうんだからねっ」

「あーもう、かわいすぎる！　安心して！　俺の目にはとっくにはーたんしか映らなくなってるから!!」

……いや。周りを見たほうがいいって。

鳥肌のたった腕をさすりながら、心の中でツッコミを入れる。

俺と付き合っていた時とは大違いの態度で猫をかぶり続ける花火を見ていると、痛々しくて寒気が止まらない。俺以外にも周囲の人がだいぶ引き気味の視線を送っているが、自分たちの世界にひたりきっている花火たちはまったく気づいていないようだ。

花火のことはどうでもいいけれど、正直なところ朝から他人がいちゃつく場面なんて見たくはない。

そんな理由により、俺は翌日から十五分早く家を出るようにした。これなら一本早い電車に乗れるから、朝から花火たちと遭遇しなくて済む。

ところが花火たちを見ないで済んだのはたった一日だけで、次の日にはなぜか花火たちも一本早い電車を利用しはじめたのだった。

これはさすがに偶然じゃないな。

振った俺に対して、「もう彼氏ができました。ざまぁ」とでもアピールしたかったのかな。

残念ながら俺の感情は無で、花火に彼氏ができようがまったく何の興味が湧かない。

花火は今もチラチラとこっちを見ている。俺は背を向けて視界から強引に花火を追い出した。

とまあ、朝は若干疲れることがあったけど、一限は体育なので気持ちを切り替える。実は体育の時間を心待ちにしていたのだ。

「じゃあ、今日は予告通り、体育祭のクラス対抗リレーの順番を決めていくな。一番タイムのよかったやつがアンカー、次がスターターだ。そのどっちかになると女子にもモテるから頑張れよ～」

体育教師の言葉を聞き、走りに自信のある男子たちが俄然張り切る。

俺はというと……毎年、平均ぐらいのタイムになるよう努めてきた。

本当の実力は自分でもよくわかっていない。

幼稚園の頃は、運動会のかけっこで一等賞を取ったことがあるけれど。

その後すぐ、年少さんだった花火に優勝シールをむしりとられてこう言われたのだ。

『はしってるときのそうまくんきらい。はやすぎておウマさんみたいだし。かっこわるいよ。もっとおそくはしって』

当時の俺は五歳。花火の残酷な言葉の暴力を素直に受け止めてしまい、かなりショックを受けたのを覚えている。

その結果、二度と同じようなことを言われないよう、わざと遅く走るようになった。

習慣はそのまま残り続けて今に至る。

しかも花火はご丁寧（ていねい）なことに、毎年体育祭が近づくと、同じような毒のこもった言葉を俺の耳に注ぎ込み続け、俺が意識的に遅く走るよう仕向けてきたのだった。

今振り返ると、多分あいつは俺が自分より目立つのが許せなかったのだろう。

花火は『いつでも私が一番愛されていないと嫌なんですよぉ』としょっちゅう言っていたから。

別に目立ちたいわけじゃないけれど、かといって無理して日陰に隠れるような生活ももう送りたくない。俺は普通にしていたいだけだ。

よし。手加減せず普通に走ろう。

「次の四人。位置について」

教師の指示で、スタート地点に向かう。

地面に手をつき、クラウンチングスタートの体勢になった。

「よおい――」

パンッ――とピストルの音が鳴り、皆、一斉に走り出す。

両隣を確認しながらスピードを調整しなくていいって、めちゃくちゃ楽だ。

あー走りやすい。

そう思いながら、あっという間にゴールへと辿り着いた。

さて、結果は……。

このぐらいじゃ息も切れないので、ごく普通に視線を上げたら、なぜかあんぐりと口を開けた体育教師の顔が目に映った。

その後ろにいる同級生たちも、全員同じような表情で固まっている。

え？

「……一ノ瀬、おまえ……っ、こんなに足が速かったのか……!?　このタイム……県の記録に届く勢いだぞ……!?」

興奮気味に体育教師が駆け寄ってくる。

「県の記録って……」

今日まで自分の実力をまったく把握していなかったので、かなり驚いた。

「一ノ瀬がいればリレーはうちのクラスの圧勝だろ!?」

「アンカーは一ノ瀬で決定だな!!」

体育教師の言葉を聞いたクラスメイトたちが、一斉に騒ぎはじめる。

「県の記録に届くような一ノ瀬がアンカーなら、うちのクラスの全体優勝もありえるんじゃないか!?」

「優勝いいなあ!! 俺、一度でいいから経験してみたかったんだよ!」

「しかも優勝したクラスは学食のデザート券がもらえるんだろ!?」

なんだかとんでもない話になってきた。

「……あの、盛り上がっているところ悪いんだけど、今回のタイムはたまたまかもしれないし、それに運動部でもない俺にアンカーは務まらないんじゃ……」

俺がアンカーを辞退しようとした途端、大喜びで騒いでいたクラスメイトたちはがっくりとうなだれてしまった。

うっ……。めちゃくちゃ悪いことをしたような気持ちになってくるな……。

体育教師は授業終了間際（まぎわ）ということもあり、苦笑してやりとりを見守っている。

「一ノ瀬そんなこと言わないでくれ……。どうかアンカーを引き受けてくれ!!」

「頼む!! このとおり!!」

クラスメイトたちが一斉に頭を下げる。俺は慌（あわ）てて顔を上げてくれるように頼んだ。

うーん……。さすがにこれ以上拒（こば）むのも悪いか……。

「わかった。優勝については確約できないけど、それでもよければ精一杯がんばってみるよ」

俺がそう答えたら、さっき以上の大歓声が沸き起こった。中にはガッツポーズを取っている者までいる。

「一ノ瀬、引き受けてくれて本当にありがとう！　めちゃくちゃ感謝してる!!」

相原がうれしそうに言う。

「いや、こちらこそ。みんなの反応にはびっくりしたけど、頼ってもらえたのはうれしかったよ」

「おまえ……やっぱりめちゃくちゃいいやつじゃないか……!!　なんか俺どんどんおまえのこと好きになっちゃうよ！」

相原がそう叫ぶと、「俺も！」「俺も！」と声が上がる。

照れくさいったらない。

頭をかいて周囲を見回すと、いつの間にか俺を中心に輪ができあがっていた。

数日前までは見向きもされないボッチだったのに、花火と別れた途端、俺の生活はいい意味で一変したのだと改めて実感した。

第七話　注目を浴びたらクラスメイトに助けを求められた

その日のホームルームで、クラス対抗リレーの順番が発表されると、教室内は授業の時以上の大騒ぎになった。

「一ノ瀬(いちのせ)くん、イケメンなだけじゃなくて足まで速かったの……!?」

体育の授業が別だった女子たちに向かって、相原(あいはら)がさっきの一〇〇メートル走の結果を説明すると、授業の時以上の騒ぎになってしまった。

「運動部でもないのにすごくない!?」

「一ノ瀬くん、かっこよすぎ!!　スポーツ万能のイケメンって……好きになっちゃいそう……っ」

女子たちがキャーキャー言いながら、俺のことを見ている。

足が速い生徒が女子に騒がれる場面は、これまで何度も見たことがあったけれど、まさか自分がその立場になる日が来るなんて信じられない。

「一ノ瀬くん、一〇〇メートル走の話聞いたよ。すごいなあ。今日一日、皆その話で持ち切りだったし」

ホームルームが終わった後、帰り支度をしながら雪代さんがそう声をかけてきた。

「ハハ……。びっくりしたよ。でも、みんなすぐ興味をなくすと思う。将来的に運動選手を目指すわけじゃないなら、足の速さなんて役に立つポイント少ないし」

「そうかな。学校の中ではヒーローだよ？　私も一ノ瀬くんみたいに運動神経がよかったらなあ……」

雪代さんがはぁっと重い溜め息を吐く。

「スポーツ、苦手なの？」

「うん……。とくに走るのが……。だからリレーってすごく憂鬱なんだ。──ね、一ノ瀬くん。コツってないかな」

「どうだろ。あるのかもしれないけど、俺はわかんないな」

「そっか……。足の速い人に走り方を教えてもらったら、少しはマシになるんじゃないかなって思ったんだけど……」

それは一理あると思う。

でも俺なんかじゃなくて、走りに詳しいやつを頼ったほうがいいはずだ。

雪代さんはしょんぼりとして、机の上に突っ伏してしまった。

ふわふわした髪が窓から入り込む風で揺れている。

……なんか床にぺたんと寝ているシーズーみたいでかわいいな。

「……体育祭、休みたい……」

「そんなに嫌なの？」

「そんなに嫌なの」

オウム返しをしてきた雪代さんが、少しだけ頭を上げて、いたずらっぽく笑う。

うーん。何か力になれればよかったんだけどな……。

「なあ、一ノ瀬。ちょっといいか？」

不意に背後から声をかけられた。雪代さんと同時にそちらを振り返ると、蓮池千秋という名のクラスメイトが俺たちの席の後ろに立っていた。

蓮池は身長が一八〇センチを超える長身で、鋭い奥二重が印象的な強面タイプの男である。

部活は陸上部で、今朝のタイム計測ではクラスで二位の記録を出し、リレーのスターターに選ばれていた。それが印象に残り、名前を覚えていたのだ。

そんな蓮池が俺に何の用だというのだろう。

軽く首をひねりながら、次の言葉を待つ。

「──聞きたいことがある。おまえ、どれぐらい本気でリレーに挑むつもりでいる？」

「本気って……？」

「死ぬ気で勝ちに行く気があるのかと聞いている」

「いや、死ぬ気はないよ」

俺が即答すると、蓮池は眉間の皺を深くさせた。

「……それでは困る」

なんとも要領を得ない会話だ。蓮池は伝えたいことをなかなか口にできないでいるように見える。

「どうしたんだ？　言いたいことがあるなら、遠慮しないで言って」

決心がついたのか、蓮池はぐっと拳を握りしめて頷いた。

「一ノ瀬、おまえの能力と可能性を見込んで頼みがあるんだ。──俺は、今回のリレーで何があってもアンカーになるつもりでトレーニングしてきた。だが一ノ瀬にあっさり記録を抜かれてしまった」

「ああ、アンカーの座を譲ってほしいって話？　それなら別に――」

「違う。俺はおまえに負けた身だ。それは認める。だから俺の代わりに、命がけでB組のアンカーを打ち負かしてほしいんだ……！」

俺と雪代さんは思わず顔を見合わせた。

さっきから『死ぬ気』だの『命がけ』だの口にする台詞がやけに仰々しい。

「B組に何か負けられない理由でもあるの？」

「B組じゃない。B組のアンカーに選ばれている桐ケ谷太一、あいつをなんとしても打ち負かしてやりたい……っ」

「桐ケ谷太一って陸上部の？」

「ああ」

「甘ったるい顔したイケメンだよね？」

「いかにも女たらしっぽいだらしのない顔をした男だ！」

そ、そういう言い方もあるか。

とはいえ、どうやら俺の思い描いているやつと蓮池の言っている男は、同一人物のようだ。

俺が今朝も駅のホームで見た同級生、つまり花火の相手がその桐ケ谷だった。

「なんで桐ケ谷をそんなに負かしたいんだ？　同じ陸上部同士だから、ライバル関係にあるとか？」

「あいつは！　俺の彼女をッ！　寝取ったんだ……っ!!」

「寝取ったって……」

とんでもない単語が飛び出し、俺は慌てて雪代さんを振り返った。

彼女はかすかに頬を染めて、眼鏡の下の瞳を揺らしている。

そりゃあ動揺もするよな。

真っ昼間の教室で話すような内容じゃない。

でも怒りに我を忘れているのか、蓮池は俺と雪代さんから向けられる戸惑いの眼差しにも気づかず、悔しそうに唇を噛みしめている。

あれ、でも妙だな。

蓮池の彼女を奪ったらしい桐ケ谷は、数日前から花火と一緒に登校している。

花火が桐ケ谷の腕にくっついたりしていたから、ただのお友達同士というわけではないだろう。

じゃあ蓮池の彼女はどうなったんだ……？

俺が疑問を抱いていると、蓮池は絞り出すような声で説明を続けた。

「……彼女を取られたことを恨んでいるんじゃない。それは俺が不甲斐なかったから悪いんだ。

俺から奪ったって、大事にしてくれたならよかったんだ。俺だって潔く身を引いたさ！　でもあの野郎は、そうやって奪った俺の元カノをあっさり捨てて、一年生の女子に乗り換えやがったんだ！　俺はあいつがどうしても許せない……！」

なるほど……。

状況を理解した俺は、さんざんな目に遭ったらしい蓮池に向かって眉を下げた。

「なんていうか……大変だったね」

「しかもだ……！　さっき廊下ですれ違った時、こう言われたんだ……！　今年もおまえがアンカーを走るのか？　うちのクラスは俺で確定したから……ぷぷっ。俺はおまえがかわいそうで仕方ないよ。恋愛だけじゃなく、体育祭でまで俺に敗北を味わされるんだからなあ！』と」

蓮池は、桐ケ谷の嘲笑まで再現してみせてから、悔しそうに拳を握りしめた。

今の話が事実なら、桐ケ谷はロクなやつじゃないな……。

そんなことを言われた蓮池が、なんとしてでもリレーで負けたくないと思うのも理解できる。

「そんな因縁があるなら、アンカーは蓮池自身が走ったほうがいいんじゃないの？」

その途端、顔を真っ赤にさせた蓮池がじんわりと涙を浮かべた。

「くっ……」

涙が落ちるより先に、乱暴な手つきで目をこする。

俺と雪代さんはぎょっとなって顔を見合わせた。

「……それで勝てるのなら、俺だってそうしたい。だが、どう頑張っても越えられない才能の壁というものがあるんだ……。俺は桐ケ谷には勝てない……。でもな、一ノ瀬！　おまえは桐ケ谷と同じように、俺の越えられない壁の向こう側にいるんだ……！」

俺の机にバンッと手をついた蓮池が、グワッと身を乗り出してくる。

ち、近い……。

「一ノ瀬……！　おまえの実力を見込んで頼みたい！　俺の代わりにあの調子に乗ったクズ男を懲らしめてやってくれ……！」

「懲らしめるって……」

戸惑いながら腕を組む。

桐ケ谷の新しい交際相手が花火だということはどうでもいいが、蓮池に対してはちょっと同情心を抱いた。男女間のいざこざの結果、辛い思いをしている人間だから、シンパシーのようなものを感じてしまったのかもしれない。

「具体的に何をすればいいの？」

「俺が走り方を教える。そうすればおまえは今より確実にタイムを伸ばせるはずだ。そして万全な状態でリレーに挑んでほしい！　桐ケ谷は県の記録保持者だが」

「え!?　県の記録保持者に素人の俺が敵うわけないよ」

「そんなことはない！　練習次第で一ノ瀬はあいつに勝てるポテンシャルを秘めている!!」

蓮池が親指を立ててニカッと笑ってみせる。

いやいやいや。

「それに競う種目は、個人走じゃなくクラス対抗リレーだよ？　俺がタイムを伸ばしたって、リレーの勝敗を左右するとは限らないだろう？」

「ところがそうでもないんだ」

「どういう意味？」

「うちのクラスと桐ケ谷のクラスの一〇〇メートル走のタイムをデータ化して比較したところ、ほぼ互角だった。もちろん当日の個々人のコンディションも大きく影響することはわかっている。

だが、拮抗した状態でバトンが繋がれ、アンカー同士の一騎討ちによって勝敗が確定する可能性も十分ある！」

言い返す言葉のなくなった俺に向かって、蓮池が勢いよく頭を下げる。

「このとおりだ……！　体育祭までの二週間、俺とともにタイムを伸ばすための練習をしてくれ！」

ここまでされてしまうと正直断りづらい。

……蓮池の悔しさは伝わってくるし、俺のできる範囲内で協力するか。

そう決めた直後、ハッとなった。

待てよ。そうか。蓮池は陸上部だから、走り方に詳しいのか。

「蓮池。協力する代わりに、こっちの頼みもひとつ聞いてくれない？」

「なんだ。なんでも言ってくれ」

「走り方、俺だけじゃなくて雪代さんにも教えてあげてほしいんだ」

そう言って雪代さんのほうを見ると、雪代さんは「えっ」と声を上げ、大きな目を丸くさせた。

「さっき走り方を教わりたいって言ってたから、どうかなって思ったんだけど」

「私はすごくありがたいけど、いいの……？」

心配そうな雪代さんに向かって、蓮池が力強く頷く。

こうして俺は、雪代さんのコーチ役を蓮池に依頼する代わりに、花火の彼氏でもある桐ケ谷を倒すこととなったのだった。

第八話　リベンジのための下準備

蓮池（はすいけ）と雪代（ゆきしろ）さんと俺の三人は、翌日の朝からさっそく練習を開始することにした。朝のホームルームは八時三十分からだから、その一時間前の七時半にグラウンドへ集まる約束だ。

そういえば、こんなふうに誰かと待ち合わせをするなんて初めてのことだ。

そもそも小中高と学校に通ってきたのに、クラスメイトと級友らしい行動を取ったことすら皆無だった。

花火（はなび）に四六時中行動を制限され、他者と接点を持てなかったのだから、当然といえば当然の話だ。

俺が到着すると、すでに蓮池と雪代さんはグラウンドにいて、こちらに向かって手を振ってきた。

俺は胸の奥辺りがくすぐったくなるのを感じながら二人のもとに向かった。奇妙ななりゆきからはじまった練習だけれど、意外と悪くないかもしれない。

それに今朝は電車の時間をずらしたおかげで、花火と桐ケ谷の過剰ないちゃつきを目にしなくて済んだし。

「おはよう、一ノ瀬くん」

「はよ、一ノ瀬」

「二人ともおはよう」

今日は家からジャージを着てきたので、さっそく鞄を下ろして準備運動に入る。

雪代さんは運動全般苦手だと言っていたとおり、この時点ですでに動きがぎこちない。

「うんっ……うぅーっ……んっ。……ひゃぁ……!?」

前屈していた雪代さんが、バランスを崩してコテンと横に転がる。

本人はいたって真面目なのだけれど、微笑ましくてちょっと笑ってしまった。

彼女が小柄なこともありコロコロした動きが子犬っぽくてかわいい。

「むっ、一ノ瀬くん、いま笑ったなー！」

「ごめんごめん。なんかかわいくて」

「……っ」

深い意味はなく、思ったとおりのことを伝えたら、雪代さんの顔が一瞬で真っ赤になってしまった。

「もしや一ノ瀬くん、ナチュラルすけこまし？」

「すけ、えっ……？」

読書が趣味だからか、彼女のボギャブラリーはちょっと変わっている。

「おい、おまえら……。失恋でボロボロになっている俺の前でいちゃつくとはいい度胸だな……」

ドスのきいた声を耳にして振り返ると、蓮池が涙を流しながら佇んでいた。

顔が厳ついせいで、なんだか鬼気迫るものがある。

「ご、ごめん。泣くなよ」

「ぐすっぐすっ……。さあ、リベンジの下準備をはじめるぞッ……！」

「リベンジの下準備って言い方はどうかな……。頼むから普通に練習するって言って」

気を取り直して、『練習をはじめる』。

——それから一時間。

蓮池は陸上部だけあって、教え方がとても的確で、雪代さんも俺もどんどんタイムが上がっていった。

雪代さんのたどたどしい走り方がかわいくて、それをついまた口にしてしまい、照れた彼女に「やっぱりすけこましだ……！」と言われたり、「お願いだからいちゃつかないでください……」と蓮池が泣きだしたりというすったもんだもあったりしたけれど。

練習初日にしては、かなりいい成果を出せたのではないだろうか。

その日から俺たちは毎日、朝練と夕練を繰り返した。

ちなみに……花火は翌朝からまた、俺の乗る電車に現れるようになった。

ただ一時間前に起きるのがよっぽど辛いのか、肩までの髪はただ下ろしただけだし、ところどころ寝癖がついている。以前の花火はめちゃくちゃ髪型を気にしていて、少しでも気に入らなければやり直していたのに、よくあんな不完全な状態で外に出てきたものだ。

しかも花火は何を思ったのか俺を見つけた途端、こちらに向かってズカズカと近づいてきた。

隣には相変わらず桐ケ谷を引き連れている。

「昨日はよくも私を撒いてくれましたね。でも、センパイが考えた小手先だけの戦術なんて簡単に見破ってあげましたよ。これからはまた、毎日私と顔を合わすことになるんで」

「無理して早い時間に登校しなくてもいいんじゃない？　そんな寝癖だらけの髪で家を出るくらいなら」

寝癖を指摘した途端、花火は珍しく顔を赤くして自分の頭にバッと手を当てた。どうやら寝癖に気づいていなかったようだ。支度に当てる時間がなさすぎて、ろくに鏡も見ていない感じか。

「そっ、そんなことより……！　聞きましたよ、センパイ。体育祭のリレーでアンカーをやることになったって」

「まぁ、そうだけど、それが何？」

ていうか、なんで花火は俺の事情に詳しいんだろう。

「ちょっと！　勢いをそがれるような返答やめてくれません!?　……まったく、もう……」

花火は気を取り直すために咳き払いをすると、俺の前にビシッと指を突きつけてきた。

「宣戦布告ですよ、センパイ！」

「は？」

「せっかく私が人前で本気で走ったりするべきじゃないって教えてあげていたのに。無視をするような悪いセンパイは思いっきり恥をかけばいいんです。この桐ケ谷くんがB組のアンカーとしてセンパイを全力で潰しにいくので。覚悟しておいてくださいね？」

「悪いけどあんた、だいぶ無様な姿をさらすことになると思うよ。ぷぷっ」

花火の隣に立つ桐ケ谷は、俺に向かって得意げな顔をしてみせた。桐ケ谷が花火からどんなふうに俺の話を聞いているのかは知らないけれど、発言と態度を見た限り、好きになれそうな相手ではなかった。

早朝と放課後、それから休日を使って練習に明け暮れているうちに日々は過ぎていき——。

いよいよ明日は体育祭当日。

放課後のグラウンドで最後の練習を終えた俺たちは、二週間の努力を讃えるように笑顔を交わし合った。

「二人ともお疲れ！」

「うー……やりきったぁ……」

蓮池の声を聞いた途端、雪代さんがグラウンドにごろんと寝転がった。

あまり人目を気にしないらしい雪代さんは、ただのおとなしい文学少女というわけではなく、時々こんなふうに奔放な姿を見せる。

俺は彼女の自由な振る舞いに憧れに近い感情を抱きながら、隣に腰を下ろした。

さらにその横に蓮池も座る。

俺たちは三人並んで夕日を眺めながら、練習で疲れた足を癒やした。

「いよいよ、明日は本番だねえ」

雪代さんが空を見上げたまま、誰に言うでもなく呟く。

その言葉を蓮池が拾った。

「二人ともすごくタイムが伸びたから、きっといい結果を出せるよ。俺が保証する！　リレーは一対一の勝負じゃないってところはあるけど、桐ケ谷は恋愛にうつつを抜かして部活の練習もサボってるし、今の一ノ瀬と桐ケ谷が普通に競ったら、一ノ瀬が勝つと思う。もともとの才能に合わせて、二週間分の努力の成果もあるしな」

「ありがとう、蓮池。そう言ってもらえてうれしいよ。もっと時間があれば、納得がいくまで練習できたんだろうけど」

「一ノ瀬、おまえ……。この二週間の間だってかなり頑張ってくれたのに、そんなふうに思ってくれるなんて……。ううっ……どんだけいいやつなんだ……！」

見かけによらず涙もろいところのある蓮池が男泣きをする。俺は苦笑しながら落ち着くように伝えた。

「はあっ……。一ノ瀬の男気には惚れてしまうな……。――一ノ瀬、雪代、俺のわがままに付き合ってくれて本当にありがとう。実を言うと振られてから毎晩、元カノや桐ケ谷のことばっかり考えてしまって全然眠れなかったんだ。でも、この練習をはじめてからは、どうやったら二人のタイムをよくできるかってことに意識が持っていかれて、ちゃんと睡眠も取れるようになった。二人には感謝してもしきれない」

「私はそんな……！　一ノ瀬くんのおかげで、蓮池くんから走り方を教えてもらえるようになっただけだし。それで前より足も速くなったし。だから私こそ、二人に感謝だよ」

「俺もこんなふうにクラスメイトと過ごせて楽しかったから。ありがとう」

三人でお礼を言い合っているうち、だんだんこそばゆくなってきて、気づけばみんな笑っていた。

「……ほんと、おまえらと過ごせて気が楽になったよ。もちろん桐ケ谷に対する憎しみが消えたわけじゃないけど」

「そ、そういえば桐ケ谷くん、昨日すれ違ったら、髪型全然変わっててびっくりした」

雪代さんは話が重くならないようにと思ったのか、さりげない感じで話題の舵(かじ)を切った。

言われてみれば、以前の桐ケ谷は運動部のくせに、まるでホストのように長めの髪をワックスでセットしていた。

駅のホームで目撃するようになった時には、すでに今の普通っぽい髪型になっていたが。

「爽(さわ)やかな感じっていうか……、今の一ノ瀬くんと似てる気がしたなあ」

「俺と？」

「あっ、髪型だけだよ!?　雰囲気は全然違うから……！」

「う、うん」

慌てて弁解するから笑ってしまった。

俺とあのモテ男の雰囲気が似てるなんて、さすがにそんなこと思ったりしないよ。

「あれは一年の女子と付き合いはじめて切ったんだ」

憎んでいる相手のことだからか、蓮池は桐ケ谷について異様に詳しい。

「俺の元カノは桐ケ谷の髪型も好きだって別れる際に言ってたから、もしかしたら当てつけで切ったのかもしれない。クソッ……あの野郎……。もしそうだとしたら、ますます許せねえ……」

「蓮池……」

「……俺のことバカだって思うだろ」

「え？」

「二股かけられた挙句、乗り換えられたのにまだ未練があるなんて。笑いたきゃ笑ってくれ」

「なんで。笑ったりしないよ。蓮池はただ一途なだけだろう。真面目に恋したやつを笑う権利なんて誰にもない」

「……っ。一ノ瀬……おまえ、本当にいいやつだな……」

洟を啜る音がしてハッと顔を上げると、蓮池が腕で涙を拭っていた。

俺が雪代さんのほうをそっと見ると、彼女は心配そうな顔をしたまま小さく頷き返してきた。

言葉はなくても、見守ってあげようという気持ちが伝わってきたから、俺も頷き返す。

それから雪代さんと俺は蓮池が落ち着くまで黙って傍にいた。

この日以来、俺たち三人は友人になれた。

俺にとっては生まれて初めてできた友だちだ。

その日の帰り道、蓮池と別れて雪代さんと二人きりになると、雪代さんはしみじみとした口調で言った。

「今日改めて感じたんだけど、一ノ瀬くんて本当に思いやり深い人だよね」

「ええっ!? 突然どうしたの？」

「蓮池くんが感動して泣いちゃった時、実は私もうるっとしたの。私のコーチ役を頼んでくれたこともそうだし、蓮池くんのためにこの二週間本気で努力していたでしょう？ 一ノ瀬くんのそういうところ好きだなあって思ったよ！」

歩みを止めて雪代さんが、両手を胸の前でぎゅっと握りしめながら力説してくる。

俺が圧倒されていると、ハッと我に返った雪代さんは耳まで真っ赤になってしまった。

「ごめんね……！　私ったら勢いあまっちゃって……！」

「いいや、びっくりしたけど大丈夫」

「……なんかね、一ノ頼くんのことを知るたび、この人やっぱり素敵だなあって思えることがうれしかったの……」

雪代さんは、まるで大事な想いを抱きしめるかのように自分の胸に両手を当てた。

俺は呆気に取られて、ぽかんと口を開けてしまった。

こんな言葉をもらったのは初めてだ。

「……めちゃくちゃ恥ずかしい」

思わず本音をこぼすと、雪代さんはふふっとかわいらしく笑った。

「私もだよぉ。でもどうしても伝えたくなっちゃったの」

「そ、そっか……」

二人の間に沈黙が流れる。嫌な感じではないけれど、少しそわそわする。

「えっと……一ノ瀬くん、明日がんばろうね……！」

「あ、うん！　がんばろう……！」

雪代さんが赤い顔のまま笑いかけてくるから、俺もなんとか笑顔で返す。

心臓の奥のほうでは、くすぐったいような苦しいような感覚がして、やたらとドキドキした。

その感覚は、雪代さんと別れた後も、彼女の顔や言葉を思い出すたびに蘇（よみがえ）ってきた。

こんなの初めての経験だ。だからなのか眠る前にもつい雪代さんのことばかり考えてしまった。

「……って、だめだ。このままだといつまでたっても眠れない……！」

体育祭の本番を前にしてこれではいけない。

俺は必死に頭の中を無にして、一時間後ようやく眠りについたのだった。

◇◇◇

――そして、一夜明け。

ついに体育祭当日がやってきた。

第九話　『体育祭の英雄』と『調子に乗りすぎた敗北者』

当日は天候にも恵まれて、晴天のもと、体育祭は大いに盛り上がった。

俺と蓮池と雪代さんは自然に三人でかたまり、一緒に観戦を楽しむこととなった。

ムカデ競争、綱引き、ソーラン節、玉入れ、借り物競争、応援合戦、などなど。見ごたえのある種目が続いていく。雪代さんは玉入れに、蓮池は綱引きに、俺は大縄跳びにそれぞれ参加した。ちなみにソーラン節は二年生全員強制参加で、応援合戦は全学年合同の演目となる。

――そして、いよいよクラス対抗リレーの時間がやってきた。

「一ノ瀬くん、蓮池くん、がんばろうね！」

雪代さんの言葉に、蓮池と二人頷き返す。

「俺はトップバッターとして全力で走ってくる。後は任せた」

今度は蓮池の言葉に、雪代さんと頷く。

「第一走者はレーンに並んでください」

案内役の生徒会員に言われて、蓮池が去っていく。
俺と雪代さんは並んだまま、蓮池を見守った。
スピーカーから流れる音楽が、リレーの定番曲『天国と地獄』に変わる。
「位置について、よーい！」
パンッ――。
高らかなピストルの音が、白煙を上げて鳴り響く。
五人の走者が一斉にスタートを切った。
「蓮池くん、がんばれー！」
待機列にいる雪代さんやクラスメイトたちが、一生懸命声を出して声援を送る。
それに応えるように、蓮池が頭ひとつ分飛び出た。
そのままトップでバトンが引き渡される。
クラスの人数は全部で三十一名。参加するのは、A組からE組までの五組だ。
抜いたり抜かれたりを繰り返しつつ、リレーが進んでいく。
「どうしよ……。そろそろ私だ……」
自分の順番が近づいたせいで緊張してきたのだろう。
雪代さんの頬がいつも以上に白くなっている。

「落ち着いて。練習したとおり走れば大丈夫だよ」

「ありがとう。……ね、一ノ瀬くん、一瞬だけ手、貸してくれる？」

「手？」

よくわからないまま、雪代さんに求められて腕を伸ばすと、彼女は両手で俺の右手を包むように握ってきた。

「……！」

「うん。これで勇気もらえた。ありがと……！」

「う、うん」

さっきまで青白かった雪代さんの顔に、ピンク色の血の気が差す。

俺はちょっとドキドキしながら、雪代さんを見送った。

レーンに立った雪代さんは強張った面持ちで心臓の辺りに手を当てると、深く息を吐き出した。雪代さんの緊張が伝わってきて、俺まで胸が苦しくなる。

この後控えている自分の順番より、雪代さんのことが心配で頭がいっぱいだ。

その時、A組の走者が最終レーンに入ってきた。雪代さんが右手を後ろに伸ばして構える。

ついに雪代さんの手にバトンが手渡され、彼女は勢いよく走り出した。

見学席から声援が上がる。俺は祈るような気持ちで手を握りしめた。

「雪代さん、頑張れ!!」

気づけば応援するクラスメイトに交ざって、俺も声を張り上げていた。こんな大声を出したのは、自分史上初めてのことだ。

雪代さんはやわらかい髪をふわふわと揺らしながら、走り抜けていく。

一生懸命な彼女の姿が眩しくて、俺は思わず目を細めた。

さっきよりももっと強く、ドキドキと鼓動が高鳴る。その理由もわからないまま、ただ雪代さんの走る姿に見惚れ続けた。

転んだり、バトンを落としたり、抜かれたりすることもなく、雪代さんは自分の役目を立派にやり遂げた。

走り終えた雪代さんが、すっきりした表情で俺のもとへと駆け寄ってくる。

「雪代さん、おつかれさま!」

「ありがと……!　はぁ……っ……ごめんね、息がまだ……整わなくて……っ」

膝に手を当てて荒い呼吸を繰り返しながら、雪代さんが上目遣いで俺を見上げてくる。

「ふぅ……。……あのね、不思議なんだけどね、一ノ瀬くんが頑張れって言ってくれた声、ちゃんと聞こえてきたの」

「えっ」

たしかに声は張ったけれど、飛び抜けて大きかったわけじゃない。それに周りの声援のすごさを考えると、俺の声だけ聞き分けるなんてほぼ不可能だ。

「距離だって結構あったよ……？」

「うん、だから不思議だよね。なんだか奇跡が起きたみたい。一ノ瀬くんが走る時、私も精一杯応援するね！」

まだ頬を上気させたまま、雪代さんがにっこりと笑う。俺は雪代さんにお礼を告げて、気合いを入れ直した。

蓮池からはじまり、クラスメイトたちの手を渡り、雪代さんが引き継いでくれたバトン。アンカーである俺の責任は重大だ。みんなのためにも、いい結果を残したい。

今のところ、B組がかなりのリードをつけて独走している。

うちのクラスは二位と僅差で三位だ。

そしてついに、アンカーの順番がやってきた。

レーンには走ってくる順番で並ぶことになる。

桐ケ谷、C組の男子、俺、D組の男子、E組の男子という順で立つと、俺以外のやつらは体の筋を伸ばしたり、手首を回したりしはじめた。

俺だけ棒立ちでいると、C組の男子越しに桐ケ谷が話しかけてきた。

「なあ、なんでA組は素人なの?」

言われてみれば、C、D、E組のアンカーも運動部で知名度のある生徒だ。

「A組にだって陸上部いるだろ。まあ、あいつは彼女にフラれてからタイムがグズグズだもんな。ははっ」

「……」

桐ケ谷が言っているのは明らかに蓮池のことだ。

「蓮池じゃ何やっても俺に勝てないもんな。陸上でも、恋愛でも――」

「桐ケ谷、バトン来るよ」

「えっ、お、おう。んじゃお先」

桐ケ谷は前髪をサラッと掻き上げて、余裕の表情で笑うと、バトンを受け取る体勢に入った。

一位と二位の間はさらに差がついている。

自分のクラスの待機列に視線を向けると、並んで立った蓮池と雪代さんが心配そうな顔で走者の姿を追っていた。

その直後、B組の女子が駆け込んできた。パシッと音を立てて、バトンが桐ケ谷の手に渡される。

体育祭の花形種目、クラス対抗リレーのアンカーということもあり、会場中がにわかに活気づく。

応援団の太鼓の音、女の子たちの高い声、男子たちの野太い声援。それらが渾然一体となって、五月の青空に響き渡った。

後続の走者たちは、最後のレーンを曲がり終え、ようやく直線コースに入ったところだ。

C組の生徒に続いて、俺もバトンを受け取る準備をはじめた。

桐ケ谷はハイになっていたようだったけれど、俺のほうは自分でも驚くほど冷静だった。

ここまできたら後はもう蓮池の教えてくれたとおり走るだけだ。

C組のバトンが渡された。それから数秒。俺の手にも、クラスメイトたちが引き継いできたバトンがたしかな感触とともに託された。

よし、行こう。

風を切って走り出す。声援が遠ざかり、自分の呼吸音だけを近くに感じる。

少し前を走るC組の生徒がなぜか止まって見え、あっさり追い抜けてしまった。

これで二位。でも、重要なのは順位じゃない。

視線の先に桐ケ谷の背中が映った。

——あれを仕留める。

風の流れが、追い風から向かい風に変わる。

柔らかいグラウンドの土をトンッと軽く蹴って、前へ前へと進む。

一歩踏み出すたび、桐ケ谷の背中が大きくなる。

その背中にぴたりとつけた際、独走状態で余裕だと思っていたらしい桐ケ谷の体が目に見えて強張った。

ゴールまで残りわずか。最後の直線レーンに入った時、俺と桐ケ谷は横並びになっていた。

さすが陸上部のエースだ。桁違い（けたちが）に速い。

だけど、どうやら俺はそれ以上に速かったようだ。

「うっ……くうっ……」

桐ケ谷が唸る（うな）声を耳の後ろで聞きながら、ゴールテープを切る。

息を呑んで見守っていた生徒たちが、一瞬後、わああっと大歓声を上げた。

応援席にいたクラスメイトたちが、一斉に駆け出してくる。

「うおおおっ!!　一ノ瀬ーッ!!」

「一瀬くん、最高だよおお!!　すごすぎっ!!」

俺はあっという間に取り囲まれ、気づけば胴上げされていた。

「ちょ、みんな、落ち着いて……わぁあ!?」

宙を舞いながらそう伝えてみるが、興奮しているクラスメイトたちに俺の声は届かない。

まいったな。

胴上げされながら視線を動かすと、涙をためて感動している雪代さんと、その隣で号泣（ごうきゅう）している蓮池の姿が見えた。

……まあ、あの二人が喜んでくれたならいいか。

「一ノ瀬、おまえ、まじですごいよ……！」

「めちゃくちゃ速かったし!!」

「ねっ！　一ノ瀬くんがアンカーを引き受けてくれたおかげで一位になれちゃったし！」

「かっこよかったよなあ！」

「B組のアンカーって桐ケ谷くんでしょ。陸上部のエースなのに、抜かれちゃったのウケる」

「あいつ顔だけで性格クソだからざまあみろって感じ」

桐ケ谷がもてるのは事実だけれど、どうやら彼の本質を見抜いている一部の女子からは不人気なようだ。

やっとのことで解放してもらい、地面に降り立つと、茫然（ぼうぜん）と立ち尽くしている桐ケ谷の姿が視界に入ってきた。

B組はうちのクラスと真逆でお葬式状態だし、クラスメイトのもとへ戻るのも気が引けるのだろう。

ちょうどその時、桐ケ谷はB組の生徒たちの視線から逃げるように、一年生の応援席に視線を向けた。

なんとなくつられて俺もそっちを見ると、眉間に皺を寄せて唇を嚙みしめている花火と目が合ってしまった。

自分の彼氏が俺に負かされたのが、悔しくて仕方ないのだろうか。

花火への嫌がらせだと勘違いされていたら迷惑だな……。

蓮池のために桐ケ谷に勝ちたいとは思っていたけど、花火の存在なんてこっちはまったく意識していなかったのだから。

第十話　舞台裏

体育祭が無事終わり、雪代さんと俺は蓮池経由でクラスメイトたちが開くお疲れ様会に誘われた。

集合場所は駅前のカラオケ店だ。

クラスの集まりになんて誘われたことも参加したこともないから、どうしようか迷ったけれど、雪代さんから「一緒に行きたいな」と言われてしまったし、クラスメイトたちも「主役が来なくてどうするんだよ！」と騒ぐので、思い切って顔を出すことにした。

なんとなく流れで、カラオケ店までは雪代さんと二人で向かう感じになった。

思えば女の子と二人で行動するのも、花火以外では初めてだ。

「一ノ瀬くん、更衣室で着替えたら、教室に行けばいい？」

「うん。昇降口でもいいけど、あ、でもどうせ鞄を回収しないといけないか。じゃあ教室にしよう」

自分たちの使った椅子を用具入れに運び終え、その脇でこの後の段取りを話していると、グラウンドに続く通路のほうからよく知った声が聞こえてきた。

「——こんなところに呼び出してなんなんですか？」

「ごめん、花火ちゃん。ちょっと今日、本調子じゃなかったみたいでさ」

花火と桐ケ谷がこちらに向かって歩いてくる。

二人の間に流れているのは、どことなく不穏な雰囲気だ。

できれば花火と遭遇したくない。

しかもタイミングが悪いことに、他のクラスメイトたちはすでに撤収した後で、ここには雪代さんと俺しかいない。

そのため人だかりに紛れてやり過ごすという手段は取れなかった。

「雪代さん、こっち……！」

俺は咄嗟に雪代さんの手を摑んで、木陰にしゃがみ込んだ。

「……っ、一ノ瀬くん……？」

目の前に雪代さんの顔がある。距離が近すぎるせいか、彼女の頰は赤く染まっている。

「巻き込んじゃってごめん。ちょっと顔を合わせたくなくて」

「あ……！　そっか、そうだよね。リレーで倒しちゃった後だし、気まずいよね……」

どうやら雪代さんは、俺が会いたくないのは桐ケ谷のほうだと勘違いしたようだ。桐ケ谷のことはどうでもいいんだけど、誤解を解く間もなく、花火と桐ケ谷が俺たちの潜んでいる木の目の前までやってきてしまった。

俺が唇に人差し指を当てて合図を送ると、雪代さんは真剣な顔でこくりと頷いた。雪代さんの頬はなぜかさっきよりもっと赤くなっている。

「——ごめんね。本当は花火ちゃんにもっといいところ見せたかったんだけど」

桐ケ谷と花火は、あろうことか立ち話をはじめた。これだともう二人が立ち去るまで隠れているしか術はない。

「なんか今日体調が悪かった気がするんだよね。体が重かったっていうか。そのせいで全然実力を出せなかったっていうか。まあ、学校のリレーごときで全力を出し切るわけもないんだけど。次はインターハイ予選があるから、その時かっこいいところ見せるよ!」

どうやら桐ケ谷は、リレーの結果について花火に弁解したいみたいだ。

花火は微笑を浮かべて桐ケ谷を眺めている。その瞳はまったく笑っていない。

「次ってなんですかぁ?」

「えっ」

「どうして次のチャンスを与えてもらえるなんて思えるんです? その図々しさやばいです

よ」

「は、花火ちゃん？」

「馴れ馴れしく呼ばないでください。『彼氏のフリ役』はもう終わりですよ」

「フリってなに⁉　俺、君の彼氏だろ⁉」

「はぁ？　いつ誰が言いました？」

「だ、だって……毎日俺と登下校したいって言ってくれたし、自分から腕にくっついてきただろ⁉」

「ぷっ、あはは！　それだけで勘違いしちゃったんですかぁ？　どれだけ残念な脳みそしてるんですか。筋肉に栄養分全部持ってかれちゃってるんですね。それなのにあんな醜態さらしちゃって。あなたみたいに何の価値もない人が、私の彼氏になれるわけないじゃないですか。私が生涯彼氏にしてあげる人はただ一人だけですし」

「え……ど、どういう意味」

「あなたには関係のない話です」

「と、とにかく俺、悪いところは直すから！　考え直してよ！　君のために彼女を振ったんだよ⁉　それに君が好きだっていう髪型にわざわざ変えたのに……！」

「出た～。頼んでもいないのに勝手にやったことを、恩着せがましく言ってくるパターンですね。役立たずなだけじゃなく、さらに醜態をさらしてくるとか勘弁してください」

「そんな……」

「当て馬にすらなれないなんて、本当に残念な人。もう用無しなんで、二度と私に声をかけないでくださいね。おつかれさまでしたあ」

「……っ」

まるで虫を追い払うかのように花火がひらひらと手を動かす。

桐ケ谷は半泣きで花火に縋ろうとしたが、その瞬間、人一人殺せそうな形相をした花火から睨みつけられた。

「さっさと消えてくれます!?」

おそらく花火のそういう面を見るのは初めてだったのだろう。桐ケ谷は「ひっ」と喉の奥で悲鳴を上げると、尻尾を巻いて一目散に逃げ出した。

「――ところでセンパイは何をしてるんです?」

桐ケ谷の逃げていったほうを見つめたまま花火が言う。

さっき一瞬花火がこっちを見た気がしたが、やっぱりあの時に気づかれていたか。正直顔を合わせたくはなかったが仕方ない。

俺は溜め息を吐きながら立ち上がった。雪代さんを巻き込むわけにはいかなので、このままここにいてくれるよう手振りで合図をしてみたけれど、雪代さんは首を横に振って俺の後をついてきた。

「センパイは私のことを笑いに来たんですか？」

花火は腕を組んだまま、悔しそうな表情で俺を睨みつけてくる。

的外れな問いかけすぎるだろ……。はっきり言って、返事をする気も起きない。

「でも、これで終わりだと思わないでくださいね。今回はあの役立たずのせいでこんな結果になってしまいましたけど、必ずセンパイに参ったと言わせてあげますから！」

「花火と関わらなくてよくなるなら、いくらでも参ったって言うよ」

「……っ。相変わらずセンパイは私を怒らせる天才ですね……。でもそんな挑発に乗る私ではないんで!!　リベンジ、覚悟しておいてくださいね!!」

花火はフンっと鼻を鳴らして肩にかかっていた髪を払うと、俺の横を通りすぎていった。

「……あの一ノ瀬くん、今のって……」

雪代さんから遠慮がちに問いかけられ、俺は苦笑いを返すことしかできなかった。

「ごめん。変なやりとりを見せちゃって」

「ううん、そんなこと……！　でも、あの、大丈夫？　なんだか不穏な感じがしたけど」

「ああ、うん。全然相手にしてないから。心配してくれてありがとう」

揉め事に立ち合わせてしまったことを申し訳なく感じながらそう伝える。
雪代さんは心配そうな表情を浮かべて、俺を見つめてきた。

第十一話　俺は隅で目立たずいたいのだが……

「みんな今日はお疲れ！　それから、本日のＭＶＰである一ノ瀬に大きな拍手を!!」

幹事の相原の言葉を聞き、お疲れ様会の会場であるカラオケ店の一室に集まったクラスメイトたちが一斉に拍手をしてくれる。

「ほんとトップを抜いた時の一ノ瀬くんかっこよかったー！　思い出すたびドキドキしちゃう！」

「グラウンド中から大歓声が上がったもんなあ！」

「間違いなく今日一番の見せ場だったよね」

「一ノ瀬くん、私たちのクラスを優勝させてくれて本当にありがとう!!」

みんな大はしゃぎで次々声をかけてくる。俺は苦笑しながら、自分に対して向けられた言葉を否定した。

「俺にお礼を言う必要なんてないよ。バトンはクラスのみんなで引き継いだものだし、優勝できたのは一人一人が頑張ったからだよ」

そう伝えると、何人かのクラスメイトは感動したと言って泣きだしてしまった。騒ぎはますます大きくなり、俺の思いに反して、クラスメイトたちは俺を称賛しはじめた。

おかしい……。こんな予定じゃなかったんだけど……。

注目を浴びることに慣れていない俺としては、めちゃくちゃソワソワする状況だ。

しかも体育祭のお疲れ様会には、クラスメイトのほとんどが参加していた。

蓮池によると、クラス委員がちゃんと全員に声をかけてくれたらしい。

俺の今までの経験から言うと、普通は絡みがないとそもそも誘われないものだから、なかなか珍しいパターンだなと思った。

まだクラスメイトたちのことは詳しく知らないけれど、クラス委員の二人は少なくとも仲間外れを作ろうというようなタイプではないらしい。

ただ誘われたところで、大勢と群れるのが苦手な人間もいるし、参加するかどうかの判断は本人に委ねられたとの話だ。

俺は蓮池には事前に、目立ちたくないからカラオケはしたくないと伝えておいた。

おかげで歌を強要されることもなく、隅の席に座っていられた。

隣には同じようにカラオケをしない雪代さんがいる。

俺だってまったく音楽を知らないわけでもないので、時々「この曲いいね」「俺も歌詞が好き」などという言葉を雪代さんと交わし合った。

「次は俺が歌う！　これは俺から一ノ瀬へ贈る友情の歌だ。聞いてくれ！」

「……!?」

突然マイク越しに名指しされ、ぎょっとなった。

周囲から、「なんだなんだ」「ＢＬー？　いいぞもっとやれー！」などという茶化す声が上がる。

「みんな、俺が彼女に振られたのは知ってるよな」

ねとられー、ＮＴＲー、などというヤジも飛び交いはじめた。

うわ、蓮池が自分でばらまいた刃（やいば）で傷を負って、涙目になってる。

「その憎き寝取り男に、今日一ノ瀬が報復してくれた！　一ノ瀬、ほんとにありがとう!!」

蓮池の告白で、今日あったことを本当の意味で理解したクラスメイトたちは、驚きの声を上げた。

「えええっ!?　一ノ瀬くん、かっこよすぎない!?」

「リレーで活躍しただけじゃなくて、それが実は友達のための行動だったなんて!!」

なんだかとんでもない展開になってしまった。

「あの、待って。もともと俺は雪代さんの練習に付き合ってほしくて、蓮池に協力しただけだから……」

「雪代さんへの優しさも素敵すぎるよね！」

「ねー!!　それにすごいことしてるのに全然得意げにならないし、性格までイケメンとかほんと何事って感じだよ！」

困ったことに、俺がたいしたことはしていないと否定すればするほど、女子たちからかっこいいと言われてしまう。そんな俺のことを、男子たちは羨望の眼差しで眺めている。

「まいったな……」

俺がソファに身を沈めて呟くと、雪代さんが励ますように微笑んでくれた。

「一ノ瀬くんはヒーローだもん。みんなが騒ぐのも無理はないよ」

「ヒーローって…………。それは言いすぎだよ」

「もう。一ノ瀬くんは自分がどれだけみんなを憧れさせたのかちっともわかってないんだから。……みんなだけじゃなく私も……」

不意に雪代さんが口ごもる。心なし俯いた彼女の耳もとが赤く染まっている。

「雪代さん？」

「今日、すごくかっこよかった……。一ノ瀬くんが走る姿を目で追っている時、胸がきゅうってなって苦しいくらいだったの……」

「……っ」

俺だけにしか聞こえない声でそう言うと、雪代さんは照れくさそうに笑った。

雪代さんが走っている時、俺も同じような気持ちになったから、その一致がくすぐったい。

なんだろう、この感じ……。

未知の感情に戸惑いながらも、決して悪い気はしない。

俺たちが黙り込んだタイミングで、次の曲のイントロが鳴り響いた。雪代さんは照れ隠しのように前髪をいじると、モニターのほうに向き直った。

そこからみんな、友情ソング縛りをかけて、いかに暑苦しい友情を謳(うた)った曲を探し出せるかを競いはじめた。ほとんど大喜利(おおぎり)状態で、強烈な歌詞が出てくるたび爆笑が起きる。広いルーム内には友情をテーマにした歌と、楽しげな笑い声が絶えない。

でも、どうやらこの会を楽しんでいる人間だけではなかったらしい。

トイレに立った際に、廊下の隅でクラスの女子二人がひそひそと話しているのを、偶然聞いてしまったのだ。

「――皆口(みなぐち)さんたち、ほんと苦手なんだけど。一ノ瀬くんに近づきたくて仕方ない感じでしょ」

自分の名前が呼ばれたのに驚いて足を止めると、ぎょっとするような悪口が続いた。

「ああいうのキモくない？　盛りのついた雌犬かよ！」

「ねー、なんかああいうのはちょっとねー」

「自分たちがクラスの人気者みたいなつもりでいるじゃん。勘違いすんなっての。絶対みんなあいつらのこと心の中ではビッチ集団だと思ってるから」

「うんうん、そんな感じするー」

「そもそも一ノ瀬くんだけじゃなくて、他の男子ともすぐ絡みたがるのが意味不明なんだけど。男子とか存在がキモいし。あんな生き物にチヤホヤされてなにがうれしいわけ？　私がそんなことされたら鳥肌ものだよ」

「ねー、男子は二次元だけでお願いします」

「ほんとそれ!!　男は二次元の美形以外滅びろ!!」

皆口未空は、髪を切った初日からよく俺に話しかけてきてくれる派手な雰囲気の女子だ。

今、内緒話をしている女子二人の名前は、残念ながらわからない。

主にしゃべってる子のほうは、ちょっと太っていて、長い黒髪を無造作にひとつ縛りにしている。相槌を打ってる子のほうは、逆にものすごく痩せている。

二人とも、自分の外見を装うことには無頓着のようで、皆口未空たちグループとは真逆のタイプだ。気が合わないのも納得がいく。

……とはいえ、陰口はちょっとね。

だいたい、皆口未空が特別俺に近づきたいなんてのは、明らかに彼女たちの思い違いだ。皆口未空は誰に対してもあけすけな態度で絡みにいく社交的な子だし。

多分、妬み(ねた)と劣等感が混ざった感情を抱いているのだろう。

だったら今日の誘いを断って来なければよさそうなものだけれど、それはそれで蚊帳(かや)の外に置かれている感じがして嫌なのかもしれない。

俺は二人に気づかれないよう、静かにその場から立ち去った。

◇◇◇

俺がクラスメイトたちのいるルームに帰ってしばらくすると、廊下にいた二人もこそこそ戻ってきた。

それから少しして、今日の会はお開きになった。会計係がまとめて支払いを済ませ、カラオケ店の外に出る。

夏のはじまりの匂いがする夜風が通り過ぎていく。俺たちがカラオケを楽しんでいる間に、辺りはすっかり暗くなっていた。

みんな立ち去りがたいようで、ふざけ合ったり、談笑したりしている。

「クラスでこうやって集まるの初めてだけど、楽しかったね！」

「ほんとほんと！　またみんなで遊びたいね」

「ねえ、一ノ瀬くん、次も来てくれる？」

「女子はしつこいからなー。一ノ瀬、今度は男子だけで遊ぼう！」

「ちょっと！　男子ずるい!!」

取り囲まれてしまった俺は、苦笑しながら「じゃあ、また時間があったら」と返した。

その直後、背中の辺りがゾクッとした。

……なんだ？

強烈な感情を向けられているような、そんな感じがして、背後を振り返る。

ビルとビルの間の路地裏で、一瞬、影が動いた気がしたけれど、人の姿はない。

……気のせいか。

「一ノ瀬くん、どうしたの？」

小首を傾(かし)げた雪代さんが尋(たず)ねてくる。

「あ、ううん。なんでもない」

きっと野良猫だろう。

「一ノ瀬くん、もしよかったら途中まで一緒に帰らない？」

「もちろん。というか途中までじゃなくて送ってくよ」

「えっ」

「もう遅いし。暗い中、女の子を一人で歩かせるわけにはいかないよ」

「……っ。一ノ瀬くん、そういうキュンとするようなことを突然さらっと言うんだから……」

「……!?　キュンとするって……」

「キュンです。キュンキュンされっぱなしで困ります！」

赤面した雪代さんがやたらとかわいい顔で俺を睨んでくる。

ええぇ!?

雪代さんがとんでもない爆弾を投げつけてきたせいで、さっきの野良猫のことはすっかり俺の頭の中から消えてしまった。

◇◇◇

しかし、一ノ瀬颯馬が感じた視線の正体は野良猫などではなかった。

その時路地裏には、二年A組の生徒たちがカラオケ店の前でわいわい騒いでいる様子を、歯嚙みしながら覗き見する花火（はなび）の姿があった。

「あいつら、私だけのセンパイなのに許せない……。颯馬センパイの魅力は私だけが知っていればいいのに……。それにあんな女を送ってあげるなんて……。そうやって優しすぎるから、周りの女たちの餌食（えじき）になっちゃうんじゃないですか。……あいつらから颯馬センパイを取り戻さないと。ふふっ。待っててくださいね？　全員まとめて私のセンパイに近づいたことを後悔させてあげますから。みなさんの楽しい学校生活はもうじき幕を閉じますよ。うふふふ——……」

第十二話　彼女が流した涙の分、必ず報いを受けさせる

体育祭の翌日以降、二年A組の教室内には和気藹々とした空気が宿るようになった。

それまではみんな、まだなんとなくよそよそしい部分もあって、朝の挨拶を交わすのも親しい者同士の間だけという感じだったのだけれど、今は誰かが登校してくるたび、一斉に声をかけている。

恐らく以前にはなかった仲間意識が、体育祭とその後のお疲れ様会を通して芽生えたのだろう。

ところが、クラスの平和はそう長くは続かなかった。

事件は、ある朝真っ青な顔をした担任教師が一枚の封筒を手に現れたことに端を発する。

生徒たちはいつもどおり談笑しながらホームルームの開始を待っていたけれど、みんな担任である若い女性教師の顔を見るなり、何らかの事件が起きたのだと察した。

教室内がシーンと静まり返る。

今読んでいる本についての、雪代さんの解説を聞いていた俺も、話を中断した。

雪代さんの瞳が「どうしたのかな」と問いかけてきたので、首を傾げて返事の代わりにする。

担任はまず生徒の顔を見回してから、重い溜め息を吐いた。

「今日、このクラスのいじめを告発する手紙が学校に届きました。いじめがあったなんて先生は悲しいです。大道寺絵利華さんをいじめて、学校に来られなくした人は誰ですか？」

生徒たちの間に緊張が走る。

みんな困惑顔で、犯人の姿を捜すように視線を動かしている。

そんな中、俺は犯人捜しの前に、被害者捜しをしなければいけなかった。

……大道寺絵利華って、どんな子だっけ。

隣の席の雪代さんや、クラスの中でも目立つ生徒のことはさすがに把握できていたけれど、今までクラスメイトたちと全然絡んでこなかったから、名前を聞いただけでは顔が思い出せない。

そういえば、休んでるって言ったよな。今現在空いているのが、大道寺絵利華の席か。

少し視線を動かすと、廊下側前列の席に空席がある。

あれ？　あの席はたしか……。

カラオケ店の廊下でクラスメイトの悪口を言っていた太めの女子の席だったはずだ。

ということは、あの女子が大道寺絵利華か。

あの時、結構辛辣な意見を口にしていたけれど、あれはいじめに遭っていた反動なのだろうか？

一応、辻褄は合っているのに、なんとなく違和感を覚える。

毒舌を吐いていた時の大道寺絵利華は、かなりきつい性格に見えたから、いじめの被害者という弱者的立ち位置を、想像しづらいだけかもしれないが……。

「――なぜ誰も名乗り出ないのですか？　少しでも罪悪感があるのなら、自ら手を挙げるべきだと先生は思いますよ」

うーん。この犯人捜しっぽい雰囲気はどうなんだろう。

こんな空気じゃ、たとえいじめたことを反省していたとしても、名乗り出ることに二の足を踏むと思う。

担任は今年の新卒だという話だから、気負いが間違った方向に作用しているのかもしれない。

「はぁ……。名乗り出る人はいないようですね。いいですか、皆さん。世の中にはいじめがあった事実を隠蔽するような悪い教師もいるようですが、この学校では違います。いじめ問題が解決しなければ、林間学校が中止になる可能性だってありますよ」

それまで黙って教師の話を聞いていた生徒たちが、「そんな……」「どうして」と、呟き声を零す。

林間学校はみんなが楽しみにしている一大行事だ。

その予定が潰れるなんてありえないという思いが、教室中から伝わってきた。

——結局、その後も犯人が名乗り出ることはなく、翌日から教室内はお葬式のような空気になってしまった。

追い打ちをかけるような動きがあったのは、それから五日後のことだ。

「昨日また、新たな手紙を入手しました。手紙にはいじめをしていた生徒の名前が書いてあります。でも先生は、自ら進んで罪を告白してほしいと思っています」

前回と同じように担任が教室内を見回す。

結果は前回と同じ。五分間、嫌な沈黙が続いた挙げ句、担任は暗い顔で首を横に振った。

「わかりました。こんな結末は一番避けたかったのですが仕方ありません。——雪代史さん、先生と一緒に来なさい」

「……えっ」

「えっ!?」

雪代さんと俺の声が重なり合う。

「その告発文には、雪代さん、あなたの名前が書かれていました。いったいどういうことなのか、生徒指導室で説明してもらいますよ」

「そ、そんな……私、いじめなんてしていません……」

「詳しい話は学年主任の先生と一緒に聞かせてもらいます」

「……っ」

担任は戸惑っている雪代さんの背中に手を添え、席を立たせた。

雪代さんが泣きそうな顔で俺を振り返る。

その目を見ればわかる。

彼女はいじめなんてしていない。

「ちょっと待ってください。何かの間違いじゃ――」

たまらずに声を上げると、最後まで話す前に担任に遮られた。

「話は雪代さん本人から聞きます」

「……っ」

いじめを告発する手紙に彼女の名前が書かれていたとしても、明らかに濡れ衣だ。

でもいったい、なぜこんなことになったのか。

担任のせいで言葉も交わせないまま、雪代さんは生徒指導室に連れていかれてしまった。

――結局、雪代さんは二限の途中まで戻ってこず、休み時間の間は彼女の噂話で持ち切りとなった。

「ねえ、雪代さんと大道寺さんって仲良かった？」

「一緒にいるの見たことないよね」

「雪代さんっていつもマイペースに本を読んでたし、大道寺さんはなんていうかそのぉ、オタク系の子たちとアニメの話ばっかしてたでしょ？　絡みなさそうだけどなー」

「でも学校に届いた手紙には、雪代さんがいじめてたって書いてあったんだよね？」

そんな会話が聞こえてくる。

「――なあ、一ノ瀬。おまえ、どう思う？」

蓮池に問いかけられ、俺は溜め息を吐いた。

「いろいろ変だよね。学校でいじめがあった場合、担任が把握してなかったとしても、クラスメイトは気づくものだよ」

露骨ないじめ方を人前でしなかったとしても、そういうのはちょっとした空気で伝わってくる。

「たしかに今回はみんな寝耳に水って感じだもんな」

俺の言葉に蓮池が頷く。

「それに俺は、雪代さんがいじめをするような子だとは思えない。蓮池だってそうだろう？」

「ああ。もちろん」

「――となると、学校に届いた手紙が疑わしくなってくるね」

目を見開いた蓮池が、まじまじと俺を見返してくる。

「手紙を出した人間が嘘をついてるっていうのか？　でも、いったいなんのために……」

「それは……」

俺が口を開こうとしたとき、教室内が突然静かになった。

みんな一様に入り口の方を見ている。

俺も視線を向けると、そこには目を赤くさせた雪代さんの姿があった。

彼女は気まずげに俯いて、自分の席まで戻ってきた。

居心地が悪そうに縮こまっている姿は見ていられない。

何か声をかけたい。

そう思ったのに、タイミング悪く始業のチャイムが鳴ってしまった。

クラスメイトたちも雪代さんのことを気にしつつ、それぞれの席に戻っていく。

次の授業の担当教師はまだ教室に現れていないので、みんな席が近い同士でひそひそ声で噂話をし続けた。

雪代さんは机の上で両手を握りしめていたけれど、不意にペンを持ってノートの切れ端に何かを書きはじめた。

その紙が俺の机の上にすっと差し出される。

『私は大道寺さんをいじめたりしていません。一ノ瀬くん、信じて』

白い紙にすごくきれいな文字でそう記されていた。

「安心して。疑ってないよ」

雪代さんにだけ聞こえる声でそう伝えた途端、彼女の大きな瞳に透明な涙が溢(あふ)れた。

「……っ」

その涙を見た瞬間思った。

この事件の真相を俺が解き明かしてやると。

第十三話　黒幕、捕まえた

放課後。俺と雪代(ゆきしろ)さんと蓮池(はすいけ)は、校舎の裏にある花壇の前に集まって、今回の一件について話し合った。本来、蓮池は部活に向かうべき時間なのだが、「遅刻していくから構わない」と言ってくれた。情に厚い男だから、リレーの件で親しくなった雪代さんのことを放っておけなかったのだろう。

「部活がどうこうなんて言ってる場合じゃないしな。まったく、さっきのホームルーム、なんだあれは」

蓮池がムスッとした顔で腕を組む。

「状況はかなり悪いな」

蓮池の言葉に俺と雪代さんは頷(うなず)き返した。

帰りのホームルームで何が起こったのか――。

問題は担任が配った一枚のプリントにある。

「先ほど雪代さんとお話しさせてもらいましたが、雪代さんはいじめをしていないと言っています。でも、それで終わらせるわけにはいきません。学校には雪代さんがいじめをしたという手紙が届いているわけですからね。ということで、先生はみなさんから力を借りたいと思います。今配った用紙を見てください。そこには今回のいじめに関するいくつかの質問と、自由欄が印刷されていますね。さあ、そこにみなさんが知っていることを書き込んでください」

　担任はプリントを配りながら、Ａ組の生徒たちを見回した。

「朝のホームルームでも言ったとおり、今回の事件が解決しなければ、林間学校は中止です。そのことを踏まえたうえで、他人事だとは思わず、しっかり協力してくださいね」

　そんな言い方をすれば、雪代さんがいじめを認めなかったら、林間学校が中止になるというふうに聞こえかねない。現に生徒たちの間に流れる空気は、重苦しいものになってしまっていた。担任の行動によって、どんどん状況が悪化しているようにしか思えない。

　残念だけど、担任にはやっぱり任せておけない。今回の件は、自分たちだけの力で解決するしかなさそうだ。

　まずその意見を伝えると、蓮池も同感だと頷いてくれた。

「いじめに無頓着な教師もどうかと思うけど、でもあの担任みたいなパターンも問題だな。あいつがしてることって、間接的な雪代さんいじめだろ」

「ごめんね、二人とも。こんなことに巻き込んじゃって……」

「雪代さんは何も悪くないよ。わかっていることから情報を辿っていけば、誤解や濡れ衣も必ず晴らせると思うんだ。今は辛いと思うけど、俺たちが力になるから」

「うん、ありがとう……」

まだ元気はないけれど、雪代さんは少しだけ微笑んでくれた。

一刻も早く彼女を心から安心させてあげたい。

「それじゃあまず、手紙について担任が言っていたことを教えてほしいんだ。差出人は誰だかわかる？」

「うん……。大道寺さん本人だって……。しかも二通目の手紙は、家庭訪問をした時に直接手渡されたらしいの」

「なるほどな。被害者本人が雪代さんの名前を出してるせいで、分が悪くなったのか」

顎をさすりながら蓮池が呟く。

でも第三者の告発じゃないなら、思っていたより簡単に解決させられるかもしれない。

雪代さんがいじめの加害者にされてしまったのは、大道寺絵利華の誤解か、もしくは雪代さんに心当たりのない理由で、大道寺絵利華が雪代さんにいじめられていると思い込む何かがあったか。

どちらにせよ、大道寺絵利華から話を聞けばいいだけだ。

「今から大道寺さんの家に行ってみようか。住所ならクラス名簿に載っているし」

俺がそう提案すると、緊張した面持ちで雪代さんが頷いた。

「あのね……私は大道寺さんをいじめてないって言ったけれど、ちょっと不安になってきたの。もしかしたら私が知らないうちに、彼女を傷つけてしまったのかもしれないって……。話したこと一度もないけど……。それでも可能性はゼロじゃないし……。だから私が何かしちゃったなら、直接謝りたいって思ってたの……」

話したことが一度もないのに、いじめられたと相手が訴えるような事態になるだろうか？

そんな違和感を抱いたが、今はまだ雪代さんの優しい申し出に異を唱えられるだけの情報がそろっていない。

とにかく大道寺絵利華に会わなければ——。

◇◇◇

部活に向かった蓮池と別れた後、俺と雪代さんはさっそく大道寺絵利華の家を訪ねたのだが……。

『帰ってください。いじめをしてないって言ってることは先生から聞きました。でも私は毎日あなたから言葉の暴力を振るわれてましたから』

インターホン越しに対応した大道寺絵利華は、こちらの話をまったく聞かずに、ピシャリと言い放った。

「え……」

雪代さんが茫然としながら呟く。

『ぷっ。何今の声。白々しい。さっさと認めて、クラスメイト全員の前で謝ってください。それ以外では許す気ないんで』

威圧的な口調で吐き捨てるようにそう言うと、大道寺絵利華はインターホンを切ってしまった。言葉を失っている雪代さんの後ろで、俺は首を傾げた。

大道寺絵利華の要求はなんだか妙だ。

どうしてクラスメイト全員の前で謝ることを要求したりするんだ？

そこに大道寺絵利華自身はいないのに。雪代さんは誰に対して謝罪するのか。いったい大道寺絵利華は何がしたいんだ……？

不信感を募らせながら考え込んでいると、なぜか急にゾクリとした寒気を覚えた。

これはカラオケ店の前でも感じたあの感覚だ。

急いで背後を振り返ると、路地の曲がり角にサッと消える人影が見えた。その人影が視界に入ったのは一瞬だけだったが、あのシルエットは間違いない。

「ごめん、ちょっと待ってて！」

俺は雪代さんにそう言い残し、勢いよく駆け出した。

路地を曲がると、走り去ろうしている後ろ姿が見えた。

どんどん距離を詰め、ついにその腕を掴む。

「……っ」

強引に引き留められた相手はハッと短く息を吸って、こちらを振り返った。

心の底から人を見下した笑顔は相変わらず。

「あはっ！　捕まっちゃいました」

そう言って笑う瞳には、この状況を面白がっているような気配が宿っている。

——そう、俺の目の前で息を切らしているのは花火だ。

「花火、ここで何してた？」

「それ答える義務ありますかぁ、センパイ？」

数秒前、花火の後ろ姿を見た瞬間に浮かんだ疑惑がより強くなっていく。

大道寺絵利華のいじめ問題、花火が絡んでいるんじゃないか？

こんなところで偶然出くわすのはおかしいし、何より面白がっているような花火の態度が気になった。

「そんなことより、どうしちゃったんですか。必死に追いかけてくるなんて。他人になるなんて言っといて、私のいない生活の寂しさに、もう耐えられなくなっちゃったんですね？　センパイったら仕方のない人ですねえ。でも私はとぉっても優しいので、謝って縋ってきたら許してあげなくもな――」

「あ、それはいいや」

「ふえっ……」

「単刀直入に聞くよ。――うちのクラスで今いじめ騒動が起きてるんだけど、花火関わってる？」

花火の目を真っ直ぐ見たまま問いかけたら、彼女の口元がヒクッと歪んだ。

「な、なななんのことです？　あははー」

逃げるように逸らされる視線。

それだけでも答えになっている。

俺の予想どおり、やはり花火が裏で糸を引いていたようだ。

さて、どうしてくれようか？

第十四話　追い詰めて白状させる

花火が諦め悪く逃げようとしたので、俺は彼女を道路沿いの空地のフェンスまで追い詰めた。

そこに両手をかけて、逃げ場を奪う。

「せ、んぱい……っ」

花火はなんで頬を赤くしてるんだ？　さっき走ったからか？

まあ、そんなことはどうでもいい。

とりあえず、まずは――。

「その『嘘をつけなくて、思ってることが簡単にバレちゃう』みたいな演技やめなよ」

花火は子供の頃から、平然と嘘をついて周りの大人たちを欺いてきた。

愛想のいい優等生のふりだってそうだ。

それを隣でずっと見てきた俺が、花火の演技にあっさり騙されるわけがない。

溜め息交じりで指摘すると、花火はぱちくりと瞬きをした後、おかしそうに笑いだした。

密かに花火がコンプレックスにしている八重歯が覗く。八重歯を他人に見られたくないと思っている花火が、ここまで大口を開けて笑うのは俺の前でだけだ。

「あははっ！　さっすがセンパイですね。私のことをそこまで理解できるのは、センパイだけです」

わかりやすすぎるヒントを出しておいて、さすがも何もない。

「もともと誤魔化す気なんてなかったんだろ？」

「……なーんだ。あっさり言い当てられちゃいましたね。センパイに見つかった時の慌ててる演技、結構かわいかったはずなのになあ」

花火は悪びれることなく、にんまりと笑ってみせた。

「それで？　いったい何をしたんだ？　大道寺さんにいじめられてるって嘘を言うように命令したのか？」

「命令？　まさかぁ。私は彼女のお悩み相談に乗ってあげただけですよぉ。クラスメイトたちの押しつけがましい団結感とか、陽キャな雰囲気がイラつくっておっしゃってたんで、『それめちゃくちゃにする方法ありますよぉ』って助言してあげたんです。まあ、大道寺さんは私の言いなりみたいなものですけどね、ふふ」

花火の言葉から、カラオケ店の廊下でクラスメイトたちの悪口を言っていた大道寺絵利華の姿を思い出す。

「すごく効果覿面でしたよねえ？　林間学校まで潰れそうなんて笑えます。大道寺さんも大満足みたいですよ」

「花火と大道寺さんって知り合いだったのか？」

「いいえ。センパイのクラスを崩壊させてくれそうな生徒を探していたら、ちょうどいいのが釣れただけです」

　大道寺絵利華が抱える心の闇を、花火が利用したということか。

「でも、探したっていったいどうやって？」

「センパイのクラスメイトのことなら、もともと何から何まで情報を集めてデータ化してありますから－」

「は……？」

　平然とした顔で言い放った花火にげんなりする。となると、あのカラオケ店の前で感じた視線の主も花火だったのではないだろうか。

　とはいえサイコパスな言動にいちいち動じていたら、それこそ花火の思うつぼだ。

「私がどうしてそんなことをしたかわかりますかぁ？」

　なんとなく予想はつく。

俺は辟易しながら、眉間に皺を寄せた。

「どうせ俺にやり返すためだろ」

「たしかに自分勝手な振る舞いばかりする反抗的なセンパイに怒ってる部分もありますけど。だからってただ仕返しがしたくて私が行動していると思っているのなら、それはちょっと的外れにもほどがありますねえ。私はセンパイの周りに群がる蝿どもを叩き潰して、センパイの目を覚まさせてあげたいんですよ」

目が覚めたから、花火と関わり続けるべきじゃないと気づけたんだけど……。

まあ、そんなことはどうでもいい。話の流れをもとに戻そう。

「今回の件、花火の仕業だって学校側に説明する気ある？」

「あはっ、センパイってば。わかりきってることを尋ねてくるとか、ほーんと相変わらず頭が悪いですよねえ」

はあ……まったく……。相変わらずなのはどっちなんだか。

一応尋ねてみたものの、花火が今回のことを教師の前で証言するなんて期待するだけ無駄なのはわかっていた。それなら大道寺絵利華を説得したほうがまだ可能性がある。

花火とこれ以上話していたって状況が変わるわけじゃない。

そもそも事件を起こした主犯はあくまで大道寺絵利華なのだから。

俺がフェンスから手を離して身を引くと、花火は不満そうな顔になった。

「え、もう行っちゃうんですか？　せっかくだし、一緒に帰りましょうよぉ。センパイだって私と話したかったんですよねえ。もう、素直じゃないんですからぁ」

「勘違いしないで。俺が追いかけてまで話しかけたのは、花火としゃべりたかったからじゃない。クラスの問題を解決したかったからだけだ」

「ちょ、ちょっと待って下さい！　それだけなわけないですよね……？　私にやり返したいって思ったでしょう!?　私に腹を立てて、私のことで頭がいっぱいになりましたよねっ!?」

花火の視線が揺れている。どうやら自分の望みどおりの展開にならなくて、かなり動揺しているようだ。

花火が構われたくて今回の事件を起こしたことはわかっている。

身勝手な理由で雪代さんを傷つけたことは許せない。

だからといって、むきになって糾弾しても花火を喜ばせるだけだ。

だったら、どういう対応をするのが一番効果的か。

「もう花火に用はない」

俺が冷ややかな眼差しを向けると、花火が怯んで後ずさった。

「セ、センパイ……」

「早く花火も新しい友達を作りなよ。俺みたいにね」

「……っ。わ、私、絶対にセンパイのこと過去になんてしてあげませんからっ」

花火の瞳に透明な雫が浮かび上がる。

雪代さんの流した涙と違って、それが俺の心を揺り動かすことは一切ない。

どうせ嘘泣きに決まっているのだから。

第十五話　雪代さんを守るために反撃を開始する

花火との話を終わらせて雪代さんのもとに戻った俺は、すべての元凶が自分にあったことを打ち明け、心からの謝罪をした。

「ある人物とちょっと前に揉めて縁を切ったんだけど、その時の報復で俺の周りの人を苦しめようとしたみたいなんだ。本当にごめん……」

「一ノ瀬くん、顔を上げて……！　一ノ瀬くん全然悪くないよ……！」

慌てた声でそう言った雪代さんが、頭を下げている俺の腕をそっと掴んできた。

「その揉めた相手を今追いかけていったの？」

「うん。俺たちの様子を覗き見していたみたいだ。その相手が大道寺さんを唆して、嘘をつかせたことも聞いてきた。大道寺さんのことは俺がなんとかするから、あと一日だけ時間をもらえるかな」

「一ノ瀬くん、何をするつもりなの？　私も協力を——」

「いや、俺一人に任せて」

花火と話しながら、この件をどう解決するか頭の片隅でずっと考えていた。その時に使えそうな案は浮かんだものの、場合によっては汚い手段を取ることにもなりそうなのだ。

そんなことに雪代さんを巻き込むわけにはいかない。

「雪代さん、ごめんね。不安だと思うけれど、必ずなんとかするから」

「ありがとう。でも私は平気だよ。それより揉めた人のことは大丈夫……？」

自分と花火の間にあったモラハラ関連については、まだ具体的に話すことではない。

なぜならこのタイミングでモラハラ話をしたら、自分も花火の被害者だと主張しているのと変わらなくなってしまう。いや、まあ被害者ではあるんだけど、でも、今もっとも辛い立場にある雪代さんにそれを伝えるのは違う気がするのだ。

おそらく優しい雪代さんは俺に同情して、また「一ノ瀬くんは何も悪くないよ」と言ってくれるだろう。巻き込んでしまった俺としては、そんな状況はできるだけ避けたかった。

もちろん、花火のせいでひどい目に遭った雪代さんには、なぜこんなことになったのかを知る権利がある。

今回のことが解決したら、改めて花火との間にあったことを話そうと、俺は密かに決意した。

翌日の放課後。

昇降口の脇でできるだけ気配を消して待っていると、しばらくして目当ての人物が姿を見せた。

運良く相手も一人きりだ。

壁にもたれていた俺はすっと体を起こし、その人物のもとへと向かった。

気配に勘付いて顔を上げた相手がハッと息を呑む。

「阿川(あがわ)さん」

今回の件があるまで名前を知らなかった相手に呼びかける。

「ちょっと大道寺さんのことで聞きたいことがあるんだけれど」

俺がそう言うと、途端に彼女の顔に警戒の色が宿った。

目つきが鋭くなり、あのカラオケ店の廊下で見せていたような表情になる。

そう、彼女はあの時クラスのみんなの陰口に興(きょう)じていたもう一人のほうだ。

名前は阿川未来(みらい)。

俺は阿川未来経由で、大道寺絵利華のＳＮＳのアカウントを入手しようと思っていた。

「大道寺さんてＳＮＳやってるよね？　連絡を取りたいから、アカウントを教えてもらえないかな？」

「えっ。む、無理ですよ。そんなのルール違反だし。絵利華に怒られるの私なんですよ？」

「ルール違反なのはわかってるよ。だけど大道寺さんとはなんとしても連絡を取らなきゃいけないんだ。もちろん誰から聞いたかは言わないって約束する」

「でも……」

「それとも阿川さんが証言してくれる？　大道寺さんのそばにいた阿川さんなら、彼女が雪代さんにいじめられてたって話が嘘だってわかってるんじゃない？」

「そ、それは……」

「雪代さんは今回の件ですごく傷ついてる。だから手を貸してほしいんだ」

俺が頭を下げると、阿川未来はじりっと後退した。

「悪いけど無理です。雪代さんが困ってるからなんなんですか？　私は別に雪代さんの友達じゃないし。無関係な人がどうなろうが興味ないっていうか……。そもそも絵利華が起こした問題だって、私は巻き込まれる筋合いないんで」

「大道寺さんと友達じゃないの？」

「友達っていうかオタク仲間？　でも、微妙に解釈違いなところがあるから、そこまで肩入れできないし」

本当に迷惑そうな顔で阿川未来が言い放つ。

たしかにこの態度を見ると友人関係とは思えない。こんなに薄い関係性なら、状況によっては阿川未来は俺の要求に応（こた）えてくれるのではないだろうか。

「大道寺さんのためって気持ちがないなら、なんとか手を借してくれないかな？」

「勘違いしないでください。絵利華のためとかじゃなくて、私にとって損しかないから教えたくないんです」

「ただ頼むだけじゃ協力してくれないってこと？」

阿川未来が興味なさそうな顔で頷（うなず）く。

うーん。仕方ない。こうなったら、最終手段として取っておいた切り札を使うしかなさそうだ。

「頼んだだけじゃ協力してもらえないことはわかった。だったら交換条件を出すよ。体育祭の後のカラオケで、大道寺さんと二人になったの覚えてる？　トイレの前の廊下で」

「え」

宙を見上げた阿川未来が、不意に表情を強張（こわば）らせた。

その時のことを思い出したのだろう。

「な、なんでそれを知って……」

「たまたま居合わせたんだ。それで二人がクラスメイトの悪口を名指しで言ってるのを聞いた。もし俺がそのことをみんなに話したらどうなると思う？」

「……！」

鬱陶しそうにしていた阿川の表情が、見る見るうちに変わっていく。

「君たちが悪口を言ってた相手は、うちのクラスの主要メンバーだ。そんな相手と対立したら、これから一年相当しんどいことになるよね」

悪口を言われてた側が、どんな態度に出るかはわからないが、たとえいじめに発展しなくても、無視されたりする可能性は高い。

自分を悪く言っていた相手と仲良くお付き合いしてやる義理なんてないんだから、それも仕方ない話だ。

「しょ、証拠はあるんですか……！」

「そんなものないよ」

「私は否定するんで、誰も信じないですよ」

「本気でそう思う？」

「どういう意味ですか」

「雪代さんはいじめなんかしてなかった。本人も否定した。でもクラスの雰囲気はどうだろう？　みんななんとなく疑心暗鬼になって、雪代さんに疑いの眼差しを向けているよね」

「……っ」

「こういう噂は一度たったら収拾がつかないんだよ。真実がどこにあるかなんてみんな気にしていないし。相当インパクトのある逆転劇でも起こらない限り、噂の当事者が泣きを見るだけだ」

それを聞いて、すでに泣きそうな顔になっていた阿川未来が、縋るように俺を見上げてきた。

「絵利華のSNSのアカウントを教えたら、私たちが悪口を言っていたこと黙っててくれる……？　絵利華が悪口を言ってたって暴露するのはいいけど、私は絶対に巻き込まれたくない……！　もし悪口のことがバレちゃったら、教室内に私の居場所がなくなっちゃう……。今でも根暗なオタク女子って思われてるのに……」

「わかった。カラオケ店で聞いたことは、誰にも言わないって約束する」

陰口はやっぱりよくないと思うけれど、俺も長年ぼっちだったから、クラスの人気者たちに嫉妬心を募らせた阿川未来の気持ちもわからなくはなかった。

「阿川さん、皆口さんたちのことがうらやましかったんだよね？　実は俺もずっとそうだったんだ。相原とか皆口さんとか、目立つグループの子たちっていつも楽しそうだから、なんか憧れるよね」

そう言って俺が笑いかけると、阿川未来は頬を赤く染めて口元を両手で覆った。

「すごい……。三次元にこんなかっこよくて優しくて気持ちをわかってくれる人がいるなんて奇跡すぎる……。推せる……!!」

早口なうえ、声が小さいので何を言っているのか聞き取れない。

「阿川さん？」

「あっ……！　あぁ、あのっ私……！　これからは心を入れ替えるので!!　今日から密かに担当させていただきますっ!!」

それだけ言い残すと、彼女は走り去っていった。

◇◇◇

その夜、計画の第二段階に取りかかった。

今俺は、阿川未来から手に入れたアカウントのメモを手に、自室のベッドの上にあぐらをかいて座っている。

右手にはスマホ。

これから花火になりすまし、阿川未来から教わった大道寺絵里花のアカウントに接触をはかる予定だ。

大道寺絵里花が聞く耳を持っていないのは、インターホン越しの態度でわかっている。

しかし連絡してきた相手が、今回の件の影の首謀者である花火なら、邪険にするわけがない。

もし大道寺絵里花をうまく釣ることができたら——。

そこから先は、とにかく大道寺絵里花がいじめの被害者であると嘘をついた決定的な証言を引き出せるように誘導するのみだ。

この計画で一番重要なのは、連絡してきた相手が花火のなりすましだと大道寺絵里花に見破られないことだが、長年花火と接してきた俺には、完璧にあいつのふりを演じきる自信があった。

花火が大道寺絵利華と、SNSでも繋がっているかはわからないが、もし繋がっていた場合、連絡を取るのに使っているアプリは一〇〇パーセント、LINEだ。なぜなら、花火はLINE以外のアプリはすべて鍵垢にするタイプで、俺以外の人間にアカウントを教えることは絶対なかったからだ。

それも当然だろう。歪んだ本音を好き放題吐き散らかしてる裏垢なんて、本性を知っている俺以外に見せられるわけがない。

その点を利用しようと思う。

話は単純だ。とにかくＬＩＮＥ以外の手段で花火になりすまし、大道寺絵利華に連絡を取ればいいのだ。

俺は自分のスマホにＳｋｙｐｅのアプリをダウンロードし、新規で花火名義のアカウントを取得した。

それから阿川未来にもらった紙を取り出し、大道寺絵利華のアカウント宛にフォロー申請を送ってみた。

メッセージを送り、様子を見ていると、五分もしないうちにスマホが鳴った。

＊＊＊＊＊＊＊＊＊＊＊＊＊＊＊＊＊＊＊＊＊＊＊＊＊＊＊＊＊＊＊

【えりかち@リバ地雷死ねや】

こんばんは!!

花火たそもＳｋｙｐｅ使ってたんですねー！

フォローありがとうございます！

こちらでもよろしく！

てか今日、雪代史(ふみ)たちが家に来たんですよｗｗｗｗ

＊＊

よし。獲物がかかった。

第十六話　手札はそろった

今のところ大道寺絵利華が疑っている様子は見られない。

アカウントも、ＬＩＮＥで花火が使ってる『flower_so_honey』というものをそのまま用いたし、発言にさえ注意を払えばバレることはないはずだ。

俺はさっそく花火のふりをしてメッセージを送りはじめた。

花火の言葉の選び方、思考回路、顔文字を使うのが嫌いなこと、全部うんざりするぐらい頭に焼きついているから、花火になりきるのは容易い。

＊＊＊＊＊＊＊＊＊＊＊＊＊＊＊＊＊＊＊＊＊＊＊＊＊＊＊

【flower_so_honey】　登録どうもです
雪代センパイたちが家に来たって件ですけど、そのことに

【えりかち@リバ地雷死ねや】
【flower_so_honey】
【えりかち@リバ地雷死ねや】

【えりかち@リバ地雷死ねや】
【flower_so_honey】
【えりかち@リバ地雷死ねや】
【flower_so_honey】

【えりかち@リバ地雷死ねや】
【flower_so_honey】

ついて話があって連絡しました
話？　なになに？
雪代センパイが来た時、他にも連れがいませんでした？
そう！　あの女、男子を連れてきたんですよ！　ありえな
くないですか⁉
あれ？　でもなんでそのこと知ってたんです？？
一緒にいた一ノ瀬（いちのせ）センパイが幼馴染（おさななじみ）なんです
え⁉
大道寺さんの家で門前払いにされた後、偶然会って
その流れから、ちょっと相談に乗ってくれないかって言わ
れて
で、いろいろ聞いたんですよ
ええええ私の家に来たことも？
ですです
いじめをしていないはずなのに、話を聞きに行ったら本人
から直接いじめを受けたと言われてしまったって

だから「思い当たる点がなくても無自覚で傷つけたんじゃないですか？　とりあえず謝ったほうがいいと思いますよ」ってアドバイスしたんです
ハゥッ!!
そしたら明日みんなの前で謝るって
うちらの完全勝利!!!
やってもいないいじめについて謝るなんて、雪代のやつよっぽどメンタルやられてるんですねｗｗｗｗｗ
だいたいいつも一人で本読んでるような根暗女に私がいじめられるわけないだろっていうｗｗ
おまえこそいじめられるタイプだよｗｗ
それ謝ったからって許されないんですけどねｗｗｗｗｗ
謝罪させた後の展開も今から楽しみすぎますｗｗ
その後どうするかちゃんと覚えてます？
学校にリスカ写真を送りつけて、林間学校を中止にしないと教育委員会にいじめのことを訴えるって脅すんですよ

【えりかち＠リバ地雷死ねや】
【flower_so_honey】
【えりかち＠リバ地雷死ねや】

【flower_so_honey】
【えりかち＠リバ地雷死ねや】

ね！
ほんと名案すぎません!?

＊＊＊＊＊＊＊＊＊＊＊＊＊＊＊＊＊＊＊＊＊＊＊＊＊＊＊＊＊

大道寺絵利華が具体的に教えてくれた計画を見た途端、俺は頭を抱えたくなった。
ひねくれたやり口で多くの人間を巻き込もうとしているうえ、悪びれることなく嬉々として語るなんてどうかしている。

＊＊＊＊＊＊＊＊＊＊＊＊＊＊＊＊＊＊＊＊＊＊＊＊＊＊＊＊＊

【えりかち@リバ地雷死ねや】

林間学校が潰れるとか最高です
どうせ派手系グループのやつらが仕切りまくるんだろうし、
それを見なくて済むだけでやる価値ありますよ
あとリスカはお手の物なんで！

【flower_so_honey】

とりあえず明日謝るってことなんで、登校してくれます？

【えりかち@リバ地雷死ねや】
え？　私は行かないはずじゃ？
【flower_so_honey】
でも謝るとこ見たくありません？　絶対おもしろいですよ
【えりかち@リバ地雷死ねや】
たしかに!!
【flower_so_honey】
あと、あなたがその場にいて、「許せない」って泣いてくれたほうが、後の展開もスムーズに運ぶと思うんですよ
【えりかち@リバ地雷死ねや】
なるほど！　じゃあ私、明日は登校しますね
【flower_so_honey】
一応担任にも雪代センパイが謝罪することになったから、登校するって連絡しといてください
【えりかち@リバ地雷死ねや】
了解です〜

◇◇◇

翌朝。

教室に向かった俺は、すでに登校していた雪代さんに声をかけた。

「ごめん、ちょっとだけいいかな」

文庫本を読んでいた手を止めて、雪代さんがこくりと頷く。

周囲の生徒たちが聞き耳を立てているのは気配でわかったので、雪代さんを連れてベランダに出る。

「——実は今日、大道寺さんが登校してくることになったんだ」

「……！　一ノ瀬くんが説得してくれたの？」

「説得というか……」

炙り出したというほうが正しいだろう。

「これで全部終わらせられると思う」

そう伝えた瞬間、雪代さんはホッとしたように肩の力を抜いた。

いつもどおりに振る舞っているように見えても、きっと本当はすごく気を張っていたのだ。

俺は申し訳ない気持ちでいっぱいになりながら、強引な方法でも解決させる道を選んでよかったと思った。

絶対に今日のホームルームですべてを終わらせよう。

「大道寺さんには、みんなの前で今回のことが嘘だったと認めてもらうつもりなんだ。ただ、そこに至る途中で、もしかしたら大道寺さんが雪代さんにひどいことを言う可能性があって……」

また雪代さんが傷つけられてしまうかもしれない。

それが何より心配だったのだけれど、雪代さんは安心させるように俺の腕にそっと触れてきた。

「私なら何を言われても大丈夫だから。たしかに先生に疑われたり、クラスのみんなから噂されるのは辛かったけど……。でも一ノ瀬くんと蓮池くんが味方になってくれたし。一ノ瀬くん、私を信じてくれたでしょ？　それでもう全部大丈夫になっちゃった」

「えっ」

「誰になんて思われてもいいの。一ノ瀬くんに嫌われなければ」

上目遣いで俺を見上げたまま、雪代さんが微かに頬を赤く染める。

雪代さんの言葉と、この表情の意味について考える間もなく、予鈴が鳴りはじめた。

「一ノ瀬くん、教室戻ろ？」

「あ、うん」

俺がベランダのドアを開けるのと同時に、教室内がざわついた。

クラスメイトたちの視線は教室の入り口に向かっている。

大道寺絵利華が登校してきたのだ。

第十七話　「君は私のヒーローだよ」

大道寺絵利華(だいどうじえりか)は朝のホームルームがはじまる直前の時間を狙って、登校してきたのだろう。

誰かが大道寺絵利華に声をかけるより先に担任もやってきてしまったので、クラスメイトたちは物言いたげな顔をしながらも自分の席についた。

担任は出欠の確認を事務的に終わらせた後、クラス名簿を教卓の上に置き、迷わず雪代(ゆきしろ)さんのほうに視線を向けた。

「雪代さん、大道寺さんに謝る時間をもらいたいとのことですが、いじめをしたことを認めるんですね？」

「え……」

きょとんとした顔で雪代さんが声を上げると、担任は訝(いぶか)しげに眉を寄せた。

「あなたが朝のホームルームで、大道寺さんに謝罪したいと言ったのでしょう？」

「私は……」

「待ってください」

突然割って入った俺に、教室中の視線が集まる。

俺は気にせず、大道寺絵利華に話しかけた。

「大道寺さん、最後にもう一度聞くけど、雪代さんにいじめられていたってのは嘘だったと認めるつもりは本当にない？」

「なっ……！」

雪代さんに謝罪させられると思い込み、面白がるような顔をしていた大道寺絵利華が顔色を変える。

「何言ってるの⁉　これから雪代さん本人が謝罪することになってるのに！」

口元を歪めて大道寺絵利華が叫ぶ。

大道寺絵利華にとってはこの段階で嘘を認めてしまった方が絶対にいいはずだけれど、本人にその気がないのなら仕方ない。

「わかった。それなら君が嘘をついてるって証拠をみんなに見せるよ」

「は……？」

席から立ち上がった俺は、昨日のＳｋｙｐｅのスクショを印刷したものをクラスメイトに配って回った。

もちろん、大道寺絵利華本人にも。

コピー用紙を受け取った瞬間、大道寺絵利華の目が驚愕（きょうがく）のあまり見開かれた。

「あっ……あああっ……」

カエルが潰（つぶ）されたような声で喘（あえ）ぐ大道寺絵利華の周りで、少し遅れてクラスメイトたちが騒ぎはじめる。

「嘘、何これ……!?」

「Ｓｋｙｐｅの履歴？　えりかちって大道寺さん!?」

「はぁ!?　ここに書いてあるの本当のこと!?」

「大道寺さんが雪代さんからいじめられてたなんて作り話だったの!?」

「あ、こ、これは違……っ」

ガタッと音を立てて、大道寺絵利華が思わず立ち上がる。

しかしクラス中から視線で糾弾（きゅうだん）される彼女に逃げ場なんてなかった。

「どういうことですか、大道寺さん。ちゃんと先生にもわかるように説明してください！」

これまで大道寺絵利華側にいた担任が、さんざん雪代さんに向けてきた責めるような眼差（まなざ）しを大道寺絵利華に向ける。

大道寺絵利華は動揺しまくって、大量の汗を流しながら怒鳴り返した。

「違います!!　これ私じゃありません！　えりかって名前が一緒だからってだけで、これが私だって言い張るんですか!?」

「それならもう一枚配るよ」

「へっ!?」

俺が追加で配った紙には、えりかちを名乗る人物のアカウントと拡大されたアイコンが載せられている。

「daidouji_erika_0228って、本名と自分の顔写真をＳＮＳにそのまま載せるのはまずかったんじゃないかな」

「……っ!!　こ、これでもまだちゃんとした証拠には……」

「その辺の言い訳は先生にしなよ。少なくともなんの証拠もないいじめの訴えよりはよっぽど信憑性があるし、アカウントが大道寺さん本人のものかなんてことは、その気になればいくらでも調べられるよ」

「……っ」

「先生。証拠もこのとおり見せましたし、雪代さんはいじめなんてしてなかったってことでいいですよね？」

「あ……」

　雪代さんが否定した時に聞く耳を持たず、林間学校の中止をチラつかせて彼女を孤立させた担任は、血の気の失せた顔で後ずさった。

「あ、あの先生は別に雪代さんが犯人と決めつけてたわけじゃなくて、そ、そう！　雪代さんの疑いを晴らすために良かれと思って……！」

　静まり返った教室内の雰囲気に追い詰められたかのように、担任がさらに半歩後ろに下がる。

　誰も彼女を擁護する者はいない。

　担任はオロオロとした顔で生徒たちを見回していたが、ついに深々と頭を下げて、雪代さんに謝罪をした。

「雪代さん、それからみなさん、先生が間違っていました……。このとおりです。ごめんなさい……」

　俺がチラッと雪代さんを見ると、彼女はもういいという感じで俺に向かって首を横に振った。

　生徒たちからの信頼を完全に失ったという事実は、今後の教師生活に相当マイナスな影響を及ぼすだろう。

「先生、最後にひとつ確認したいんですが」

「な、なにかしら」

　怯えた目で引き攣ったような笑いを浮かべた担任に問いかける。

「林間学校は予定どおり行われますか？」

「も、もちろん！　ちゃんと先生から今回の顚末と一緒に、林間学校は問題なく行えることを学年主任や校長にお話ししておきます！　じゃ、じゃあ早速報告してきますね……！　大道寺さんは一緒にいらっしゃい!!」

担任が大道寺絵利華を連れて逃げるように教室を出ていった瞬間、教室内には安堵したような空気が流れた。蓮池も、俺と雪代さんに向かって、ホッとした顔で目配せをしてきた。

「……まさか大道寺さんがあんな人だったなんて」

誰かがぽつりと呟くと、「驚いたね」などと言う声が周囲から上がる。

「だけど、そんなことより雪代さん、ごめん……。いじめてるところなんて見たことないのに、俺たち誰も庇わなくて」

最初にそう謝ったのは相原だが、みんな同じように感じていたらしく、次々謝罪の言葉を口にした。

「あの、みんな気にしないで。林間学校がなくなるかもって話も出ていたくらいだし、その原因を作っちゃったのは私だったんだから」

「いや、雪代さん被害者だし、林間学校のことで冷静さをなくした俺らがどうかしてたんだよ。本当に申し訳ない」

「絶対辛かったよね……。もっとちゃんと話を聞いてあげればよかった……」

「雪代さん、ごめんね……」

みんな完全に謝罪ループに陥っている。雪代さんはまさかこんな展開になるとは思っていなかったようで、あたふたしながら俺に助けを求めてきた。

これは助け舟を出さないとかわいそうだ。

「みんなの気持ちは十分雪代さんに伝わったと思うし、湿っぽい話はここまでにして、林間学校が無事行われることを喜ぶのはどうかな？」

「たしかにいつまでも暗い顔をしていたら、雪代さんに気を遣わせちゃうな」

相原は俺の言葉に賛同するようにニカッと笑ってくれた。

ホッとしながら雪代さんを振り返ると、目が合った雪代さんがパタパタと傍までやってきた。

「一ノ瀬くん、ありがとう……！　君は私のヒーローだよ」

微かに頬を染めている雪代さんはそう言うと、俺だけに特別な笑顔を見せてくれた。

第十八話　告白

大道寺絵利華は親まで呼び出されて、こっ酷くしぼられたらしいが、それでもＳｋｙｐｅでやりとりしていた相手の名前は告げなかったという。

今回の件を唆した相手がいるからって大道寺絵利華の罪が軽くなるわけではないけど、彼女が共犯者を庇うタイプには思えなかったので、担任経由でその話を聞いて少し意外に思った。

大道寺絵利華は花火に何か弱みでも握られていて、名前を出せないのだろうか？

うん、大いにありえる。

花火は先の先まで考えて行動するタイプだし、自分が不利になるような展開を避ける術を幼少期から身につけている。

大道寺絵利華の嘘がバレた時のことだって想定してあっただろうし、それを見越して、先手を打つぐらい絶対にするはずだ。

担任は、大道寺絵利華が共犯者を吐きそうにないので、今度は俺を呼び出して大道寺絵利華がやりとりしていた相手を教えてほしいと言ってきた。

もちろんそれは丁重にお断りした。

俺が仕組んだ罠や、大道寺絵利華の裏にいた花火の存在について明かせば、確実にややこしいことになる。

罠に嵌めた事実を知れば、この担任のことだから、大道寺絵利華の認めた嘘の真偽まで蒸し返しかねないし。

申し訳ないけれど、正直この人は教師としても、大人としても信用ならないから、今回の一件で花火がしたことへの対処を任せる気にはなれなかったのだ。

そもそも花火をどうするべきか決める権利を持つのは、担任でも、俺でもなくて、本当の被害者である雪代さんだろう。

そう考えていた俺は、その日の放課後、雪代さんに話したいことがあると声をかけた。

彼女は少し目を見開いてから、こくりと頷いた。

多分俺の様子から、何か深刻な話なのだと勘付いたのだと思う。

クラスメイトたちから、いじめ事件が解決したのを祝してみんなで遊びに行かないかと誘われたけれど、今回は断り、雪代さんと学校の近くにある公園に向かった。

遊具が申し訳程度に設置された夕暮れの公園には、雪代さんと俺以外誰もいない。

滑り台の向かいに木のベンチが二つあるけれど、そこに並んで座るのはなんとなく気恥ずかしかった。

雪代さんはブランコに近づいていくと、「懐かしいな」と言って腰を下ろした。

もしかして空気を和らげようとしてくれている？

そう気づいて初めて、自分がどこか緊張していることを意識させられた。

俺はこれから花火との間にあったことを雪代さんに打ち明けようと思っている。

情けない過去だから、黙っておきたかったというのが本音だけれど、巻き込んでしまった雪代さんにはちゃんと伝えるべきである。

「雪代さん、今回の大道寺絵利華の件は、俺を恨んでるある人物が仕向けたことだって言ったの覚えてる？」

「うん……」

「その相手について話したいんだけど、聞いてくれるかな」

「……！　も、もちろん。でも一ノ瀬くん、話したくないんじゃ……」

ブランコに座ったまま、雪代さんが気遣うように俺を見上げてくる。

「気にかけてくれてありがとう。でも話しておかないとだめだと思うんだ」

それでも雪代さんは俺を心配しているのか、言葉を探して口を開きかける。

「一ノ瀬くん……」

そんな彼女の優しさに勇気づけられ、俺は自分の惨(みじ)めな過去について話しはじめることができた。

「すごく情けなくて、引かれそうなんだけど……」

俺は花火との関係、モラハラを受けていたこと、それが耐えられなくなり絶縁したこと、そして今の花火が向けてくる歪(ゆが)んだ感情について、すべてを打ち明けた。

「――だから、本当に今回の件は俺の責任なんだ。雪代さん、ごめん。巻き込んでしまったこと、どう償(つぐな)えばいいか……」

「違う……！　一ノ瀬くん、なんにも悪くない……」

髪が乱れるほど頭を振って、悲痛な声で雪代さんが叫ぶ。

心底苦しそうな彼女の顔を見て、俺はハッとなった。

雪代さんは目に涙をいっぱい溜めていたのだ。

「一ノ瀬くん、辛(つら)かったよね……。気づいてあげられなくてごめんなさい。私、君の何を見ていたんだろう……。もし私がもっと早く勇気を出して一ノ瀬くんに話しかけてたら、一人きりでそんな思いをさせなくて済んだのに……」

雪代さんはブランコから立ち上がると、俺の目の前まで駆け寄ってきた。

「私、一ノ瀬くんのことを助けてあげたかった……。ごめんね」

涙が一粒、彼女の大きな瞳から落ちる。

「……雪代さん、どうして泣くの」

びっくりしてそう問いかけることしかできない。

そんな俺を濡れた瞳で見つめながら、彼女は言った。

「あなたが苦しんでたことに気づけなかったのが悔しくて……。だってね、私、一ノ瀬くんのことがずっと好きだったんだよ」

第十九話　傍にいさせてほしいと言われてしまった

「好きだったって……」

「最近まで一度もしゃべったことがなかったのに、いきなりそんなこと言われてもびっくりするよね」

俺は無言で頷き返した。

「一之瀬くん、初めて話した日に私が言ったこと覚えてる？」

雪代さんの発言で、その時の記憶が蘇ってくる。

それは花火と絶縁した日の三日後。

髪を切った俺が、ここからすべてをやり直すんだと思いながら登校した朝のことだ。

雪代さんが落とした栞を拾うというきっかけで、初めて会話を交わした俺たち。

その時に彼女はなんて言っていた？

そう、たしか――。

『実は私、一ノ瀬くんとずっと話してみたいと思ってたんだ』

『え？　どうして？』

『一ノ瀬くんって放課後、花瓶の水を入れ替えたり、ベランダのプランターに水を撒いたりしてたでしょ？　それで優しい人だなあって思ってたの』

まさか好きだと思ってくれていたから、話してみたかったってこと……？

そう思い至った瞬間、さすがに動揺した。

だって、嘘だろ……。

当時の俺は暖簾前髪の根暗男だったのに……。そんなやつを好きになってくれたなんて信じられない……。

俺がまじまじと見つめると、雪代さんは恥ずかしそうに頬を赤くして、俺を睨んできた。

「もう、一ノ瀬くんってば。信じられないって顔しすぎだよ」

「ご、ごめん。でも本当に？　暖簾ヤローのことを好きになるなんてありえる？」

「どうして？　前髪が長いだけで、その人を好きにならない理由になるの？」

「いや、だって……。清潔感もないし、何考えてるかわからないだろうし、妖怪みたいで気持ち悪いよね」

「たしかに何を考えてるのかなって興味はいつもあったけど、でも心を覗かせてくれない君が、優しい人だってことは些細な立ち振る舞いから伝わってきてたよ。私は一ノ瀬くんのそういう行動を見るたび、『素敵な人だな』って思って。気づいたら目で追うようになって、一ノ瀬くんが視界に入るだけで、ドキドキするようになってたの」

「……っ」

「それに……一ノ瀬くんと話せるようになってから、前よりもっと好きになっていってるんだよ。一ノ瀬くんの優しいところや、友達想いなところ、それにかっこいいところをたくさん知ることができたから……」

「そ、そうなんだ……」

赤面したままの雪代さんが向けてくれるストレートな好意が照れくさくて、俺まで顔が熱くなってきた。

「……迷惑だった？」

「え!?　まさか」

迷惑なんてことはない。

……雪代さんはいい子だし、性格も振る舞いもかわいいなって思うし、そんな子に好かれて嫌なわけがなかった。

「一ノ頼くんっ、あ、あのねっ……。私、一ノ瀬くんにずっと伝えたかったことがあるの」

真っ赤な顔をした雪代さんが、潤んだ瞳で俺のことをじっと見つめてくる。

まさかこの流れって……。

「わ、私っ……一ノ瀬くんの恋人になりたいの……！」

「……っ」

言われた途端、ますます顔が燃えるように熱くなった。

雪代さんが俺に対して抱いてくれている好きという想いが、友愛ではなくれっきとした恋愛感情なのだと実感できたのだ。

もし雪代さんと付き合ったら……。

花火が相手だった時とは違って、すごく幸せな毎日を過ごせると思う。

だけど今、雪代さんと付き合いはじめたりしたら、また花火とのごたごたに巻き込んでしまうかもしれない。

花火のことがなければ、こちらこそお願いしますと言っていたところだけれど……。

「……私を恋愛対象に見ることはできない？」

俺の表情を読んだのか、雪代さんがしょんぼりしたように尋ねてくる。

俺は慌てて首を横に振った。

「まさか！　雪代さんはすごく魅力的だよ。ただ、さっき話したとおり花火とのことがあって

……。まだしばらくの間、花火は俺への報復をやめなさそうなんだ。変に関わると火に油を注ぎかねないから、俺はあいつが飽きるまで基本的に放置するってスタンスでいるんだ」

「うん。それは私も正しいと思う」

「俺一人だったら相手にしないでやり過ごせるけれど、俺と付き合ったりしたら花火はまた雪代さんにちょっかいを出す気がする。……だから雪代さんのためには、俺と付き合ったりしないほうがいい」

「……私は、一ノ瀬くんが傍にいてくれるなら、何があっても大丈夫なんだよ……？」

少し悲しそうに微笑みながら雪代さんが言う。俺は信じられない気持ちになって、再び彼女をまじまじと見つめ返した。

雪代さんの言葉を疑っているわけじゃない。しかし自分が誰かにとってそれほど影響力のある存在になっているなんて、簡単には実感できなかった。

「一ノ瀬くんが付き合わないほうがいいと思うのは、それだけが理由？」

「うん」

「それだったら……あのっ、あのね？　……もしチャンスをもらえるのならなんだけどっ……」

「うん？」

「私とお試しで付き合ってもらえないかな……！」

「お試し!?」

「私は何があっても平気だって、口で言うだけじゃ信じられないと思うから。お試しで付き合って、私がどうなるかを見ていてほしいんだ」

まさか、ここまで言ってくれるなんて……。

雪代さんは、恥ずかしさのあまりほとんど泣きだしそうな顔をしている。

俺と付き合うことで雪代さんを傷つけたくないと思っていたのだけれど、このまま断るほうが悪い気がしてきた。

「……だけどお試しなんて……雪代さんは本当にそれでいいの？」

俺が尋ねると、雪代さんは頬を赤らめたままふわっと笑った。

「チャンスをもらえるなら私は幸せだよ」

「……っ」

やばい。かわいいな……。

俺は思わず花火のことなど完全に忘れて、雪代さんの笑顔にときめいてしまったのだった。

第二十話　俺、おまえのこと嫌いだから

俺と雪代さんはずいぶんと話し込んでいたみたいで、気づけば西の空が真っ赤に染まっていた。

最近かなり日が伸びたから、もういい時間のはずだ。

「そろそろ帰ろうか」

俺がそう伝えると、雪代さんは一瞬寂しげに瞳を伏せてから、「うん」と言った。

「ねえ、一ノ瀬くん。……もしよかったらＳＮＳのアカウント教えてほしいな」

そんなことを言われたのは初めてだったから、驚いて雪代さんを見返す。

花火のふりをして連絡をとった大道寺絵利華を除外すると、俺は今までどのＳＮＳでも花火以外とフレンド登録したことがなかったからだ。

花火だってブロックしてしまったしな。

あれ以来、俺のスマホはアラーム以外で鳴ることがない。

「一ノ瀬くん？」

「あ、ごめん。今誰ともＳＮＳで連絡とってなかったなあと思って」

「そうなの？　じゃあ、やめといたほうがいいかな……」

「いや、まさか！　なんかあったら遠慮なく連絡してください」

なんとなく照れくさくて敬語になってしまった。

そんな俺に向かって雪代さんがくすぐったそうに笑う。

「なにかなくても、一ノ瀬くんと話したくなったら連絡していいですか？」

「……！　も、もちろん」

「やった！」

雪代さんは子供みたいなあどけない態度で、心底うれしそうに声を上げた。

そんな雪代さんを見て、ドキッとなる。

もともとかわいい子だとは思っていたけど、今の感情はそれまでとはどこか違った気がした。

——その後、雪代さんを送り届けた俺が自宅近くまで戻ってくると、いつか待ち伏せされた公園の前に今日もまた花火の姿があった。

どうやら花火は、まだしばらく俺に纏（まと）わりつくつもりでいるようだ。

まったく、嫌ってる相手に対して、よくこんなストーカーまがいの行動を取れる。

俺だったらそんなやつ、顔も見たくないけど。

とにかく無視無視。

「——颯馬センパイ、私のこと庇ってくれたんですね」

は？

「大道寺さんと私が繋がってたことを話さずにいてくれて、ありがとうございます。私、センパイの愛情に触れてさすがに反省しました。今回のことはやりすぎだったかなって」

俺の愛、なんだって……？

「今回もまた私の思惑に反した結果にはなっちゃいましたけど、そのことはセンパイの行動に免じて許してあげます。本当はセンパイが雪代史に私との過去を話すことでこじれればいいって思ってたんですけどね。結局センパイは私のことが好きでしょうがないんですよね。絶縁するなんて言ったのも、私の気持ちをたしかめたかったんでしょう？　あまりに身の程知らずすぎて、ついついケンカを買っちゃいましたけど、もう水に流してあげますよ」

さすがに目を剝いて立ち止まってしまった。

俺が花火を好きって、勘弁してほしい。

何を言っているんだ。

ていうかこれは無視していい問題じゃない。

いくらなんでも否定しないと、花火は増長するだけだ。

「センパイ、もうくだらないケンカは終わりにしましょ？　はい、仲直りのキスを――」

「あのさ、俺、おまえのこと嫌いだから」

「……え」

「庇ったんじゃなくて、これ以上関わり合うのが嫌で黙ってただけだから」

「……な、何言って……」

おろおろして瞳を泳がせた花火が、俺の腕にしがみついてこようとする。

花火の指先が触れただけでゾッとして、俺は慌てての手を振り払った。

「せんぱいが……わたしを……きらい……」

振り払われた手を見下ろして、花火が独り言のように呟く。

俺の気持ちが伝わったならもういい。

さあ、無視無視。

俺は花火を置き去りにして、家に入った。

こうやって花火を振り切るのも何度目になるだろうか。

扉を閉めて、花火の姿が視界から消えたことでホッと溜め息を吐く。

「まったく、俺が花火のことを好きって……」

どうしたらそんな発想になるのか本気で信じられない。

花火が今まで俺にしてきたことで、ただのひとつでも俺から好かれるような要素があっただろうか？

ないない。

あるわけがない。

そんなものがあったなら、縁を切りたいなんて思うわけがない。

「絶縁されてるのに、その相手が自分を好きだって思えるなんて、あいつ本当にどうかしてるな……」

まあ、面と向かって全否定したから、さすがにもう勘違いされることはないだろう。

俺が「嫌いだ」と告げた時の花火のあの顔。

あれは自分が拒絶されているとしっかり理解できたという表情だった。

「これなら今後はもう俺の前に現れなくなるはずだ」

そういう結末を期待しながら自室に向かうと、俺のスマホがピロンっと鳴った。

第二十一話　デートのお誘い

以前だったら着信音を聞くだけで、反射的に体が強張っていた。
でももうこのスマホに、花火から怒濤の圧迫メッセージが届くことはない。
今俺にメッセージを送ってこれる唯一の人間は、雪代さんだけだ。

****

【雪代さん】　一ノ瀬くん、さっきは送ってくれてありがとう
　　　　　　　もうおうちに着いたかな？

****

雪代さんは一発目のメッセージでいきなり罵倒してきたりしない。
これが普通で、今までがどれだけ異常だったのかを改めて思い知る。

＊＊＊

【雪代さん】　今日、打ち明けてくれたこと……きっと話すの辛かったよね
私、一ノ瀬くんの力になりたい
すぐ傍にいるのに一ノ瀬くんの苦しみに気づけないなんて、もう二度と嫌なんだ
だから何か困ったことがあったらいつでも相談してね
一ノ瀬くんがしてくれたのと同じように、私は何があっても一ノ瀬くんの味方だよ

＊＊＊

「……っ」

言葉を失った俺は、口を手で覆った。

雪代さんのくれた言葉は、まるで宝物のようにキラキラ輝いて見えた。

「……やばい。俺……今、めちゃくちゃ感動してる」

押し寄せてくる感情がうまく処理できなくて、髪を乱暴にかき回す。

＊＊＊＊＊＊＊＊＊＊＊＊＊＊＊＊＊＊＊＊＊＊＊＊＊＊＊＊＊＊＊＊＊＊

【雪代さん】　それから……私の告白も聞いてくれてありがとう
本当はまだ隠しておくつもりだったんだけど
衝動に駆られて言ってしまったのでした笑

＊＊＊＊＊＊＊＊＊＊＊＊＊＊＊＊＊＊＊＊＊＊＊＊＊＊＊＊＊＊＊＊＊＊

「しかもかわいいこと送ってくるし……」

少し前まで一度も話したことのなかった隣の席の女の子が、自分の中でどんどん特別な存在に変わっていく。

雪代さんとやりとりをするのが楽しくて、気づけば俺たちはそのまま何往復もメッセージを送り合っていた。

どちらかが一方的に言いたいことを押しつけるんじゃなくて、ちゃんとコミュニケーションになっている。

それがこんなにわくわくするなんて、今まで知らなかった。

＊＊＊＊＊＊＊＊＊＊＊＊＊＊＊＊＊＊＊＊＊＊＊＊＊＊＊＊＊＊

【雪代さん】　実は私、普段はあんまりメッセージでのやりとりってしないのする相手もいないし

【雪代さん】　あ！　今の励まされるの待ちの自虐とかじゃなくて、単なる事実の話だから気にしないでね!?

——それも含めて振りだって受け取ればいい？

【雪代さん】　ちーがーいーまーす！笑

——ごめんごめん、冗談

——俺も同じだからわかる

【雪代さん】　一ノ瀬くんはSNSってあんまり好きじゃない？

——まあ今まではいいイメージなかったかな

【雪代さん】　今は？

——雪代さんとだと楽しいよ

＊＊＊＊＊＊＊＊＊＊＊＊＊＊＊＊＊＊＊＊＊＊＊

テンポよく返信が来ていたのに、そこで少し彼女の応答が途絶えた。

なんだろうと思っていると、真っ赤な顔で照れているうさぎのスタンプがピポンという音とともに送られてきた。

＊＊＊

【雪代さん】　……いきなりそういうこと言うから、今心臓がバクバクしてるよ

――なんで？　思ったこと伝えただけだけど

＊＊＊

本気で首を傾(かし)げながらそう伝えると――。

＊＊＊

【雪代さん】　だって一ノ瀬くんは私の好きな人だよ？
好きな人から、私とだと楽しいなんて言われたらドキドキするよ

ちょっと特別扱いしてもらえたようで、自意識過剰になっちゃうし一ノ瀬くんは意外と悪い男ですね！

＊＊＊＊＊＊＊＊＊＊＊＊＊＊＊＊＊＊＊＊＊＊＊＊＊＊＊

今度はうさぎがかわいく怒っているスタンプが届いた。

「……そ、そっか。俺のこと好きなんだよな、この子」

忘れてたわけじゃないけど、どうしても自覚の足りない発言をしてしまいがちだ。

＊＊＊＊＊＊＊＊＊＊＊＊＊＊＊＊＊＊＊＊＊＊＊＊＊＊＊

【雪代さん】　ところで一ノ瀬くんにお誘いがあるの

——お誘い？

【雪代さん】　うん

今週の土曜日、もしよかったら私とデートしてくれないかな?

＊＊＊＊＊＊＊＊＊＊＊＊＊＊＊＊＊＊＊＊＊＊＊＊＊＊＊＊＊＊

「デート……」

驚きの提案をされて、思わず呟く。

生まれて初めてデートに誘われてしまった。

まさかこんな日が来るなんて……。

花火の都合で、花火の行きたいところに連行されるだけの行事を花火は『デート』と呼んでいたけれど、あれが本来のデートではないことぐらい、もう俺は気づいている。

あれは単に荷物係をさせられていただけだ。

俺が返事をする前に、再び雪代さんがメッセージを送ってきた。

＊＊＊＊＊＊＊＊＊＊＊＊＊＊＊＊＊＊＊＊＊＊＊＊＊＊＊＊＊＊

【雪代さん】　一ノ瀬くんのことが好きだから、二人でお出かけしたいのです

****

やばい……。かわいい。

「って早く返事しないと」

****

——俺でよかったら是非

****

硬すぎか？

でも他になんて言ったらいいのかわからなくてそう返すと、今度は即座に返事が来た。

****

【雪代さん】　うれしい……！

＊＊＊＊＊＊＊＊＊＊＊＊＊＊＊＊＊＊＊＊＊＊＊＊＊＊＊＊＊＊＊

やっぱり雪代さん、かわいいよな……。

思っていることを素直に伝えてくれるところも含めて。

「世の中にはこんな女の子も存在していたんだな……」

花火のせいで、花火以外の女子のことがまったく視界に入ってこない人生を過ごしてきたけれど、こうして雪代さんと親しくなれて本当によかった。

「デートって、事前に何か準備しとくべきなのかな」

行く場所は男が考えるものなのか。

二人で相談したほうがいいのか。

わからないことは山ほどあるけれど、俺と雪代さんはこのツールで繋がっている。

「無理に格好つけて失敗するより、相談したほうがいいか」

＊＊＊

——デートの仕方が全然わからないので、教えてほしいんだけど

【雪代さん】　私も初めてのデートだよ？

＊＊＊

「わ、そうなのか」

だったらなおさら、俺は責任重大だ。

楽しんでもらえるようがんばらないと、そう思った直後——。

＊＊＊

【雪代さん】　一ノ瀬くんに楽しんでもらえるよう、がんばるね！

＊＊

同じタイミングで同じことを考えていた感じが、なんだかくすぐったい。

俺たちはこの後さらに話が弾（はず）んでしまい、結局、二時間近くかけてデートの内容について相談し合ったのだった。

第二十二話　図書館デート（前編）

数日後の土曜日は、六月だというのに珍しく澄み渡った青空が広がった。

待ち合わせの時間は、午前十一時。

平日と同じ時刻に起きてしまったので、食パンを焼いて軽い朝食を摂り、のんびり準備をした。

それでもまだ時間がかなり余っている。

せっかく天気もいいし、早めに家を出ようかな。

待ち合わせ場所の駅まで散歩がてら歩けば、ちょうどいい時間になるはずだ。

土日が休みではない両親はどちらもすでに仕事へ出かけた後なので、いつもどおり鍵を持って家を出る。

玄関前で施錠をしていると、不意に悪寒がした。

こういう経験をするのは、もう三度目だ。

うんざりしながら振り返ると、意外にも花火の姿はなかった。

「あれ……。今度こそ気のせい……？」

まあ、そうだよね。

あれだけしっかりと突き放したし。

そのうえでさらに付け回したりしたら、もうストーカーと変わらない。

いくらなんでもそれはないはずだ。

誰もいないのに視線を感じるなんて、被害妄想も甚だしい。

やれやれと息を吐き、駅に向かって歩き出す。

俺が駅前広場に着いたのは、待ち合わせ時間の三十分前だった。ところが――。

「えっ」

信じられないことに、もう雪代さんがいる。

噴水の縁に腰掛けた彼女は、いつものようにカバーを外した文庫本を熱心に読んでいた。

学校にいる時とは違い、ふわりとしたセミロングの髪を肩まで垂らしている。少しダボっとした白いワンピースが、雪代さんにはとてもよく似合う。頭にはピンクベージュのベレー帽がちょこんと載っている。どことなくレトロな印象を与える服装は、個性的だけど女の子らしくもあって、制服姿の時以上に雪代さんの魅力を引き立てていた。

「雪代さん」

駆け寄りながら声をかけると、雪代さんは驚いたように顔を上げた。

「あれ！　早いね、一ノ瀬くん」

「雪代さんこそ」

「えへ、実は緊張して早く来ちゃったの」

はにかんだ笑みを浮かべながら、「よっ」と言って彼女が立ち上がる。

文庫本は斜めがけにされた帆布バッグの中にしまわれて、代わりに革のパスケースが取り出された。

「前から感じてたけど、雪代さんっておしゃれっていうか雰囲気があるよね」

思ったことをそのまま伝えたら、雪代さんは一瞬で真っ赤になってしまい、口を尖らせた。

「一ノ瀬くんって、やっぱりナチュラルすけこましだ……！」

「ええっ!?」

素直に褒めただけなのに解せない。それでも雪代さんは怒っているわけではなさそうなので、その点はよかった。

というかどちらかというと恥じらってるように見えるような……。

もしかして今の態度は、褒められたことへの照れ隠しだったのだろうか？

この一カ月ちょっとの間で、雪代さんとはだいぶ親しくなれたと思うけれど、まだまだ知らない部分がたくさんある。

今日一緒に過ごすことで雪代さんのいろんな一面を知れたらいいな……。

「……えっと、それじゃあ、そろそろデートをはじめようか？　はい」

俺が手を差し出すと、雪代さんはきょとんとした顔で首を傾げた。

「えっ。え……!?　い、いいの!?」

なんでそんなに慌てるんだろう。

不思議に思いながら手を差し出したまま待っていると、その手をおずおずと雪代さんが握ってきた。

「え!?」

今度は俺が驚きの声を上げる番だ。

だって、なんで、手を繋がれたんだ!?

「わ!?　うそ、私、間違えた……!?」

焦ったように彼女がパッと手を放す。

また首まで赤くなってしまった雪代さんが、「もうやだ、恥ずかしすぎて死にそう」と言いながら頭を抱えている。

それを見て、俺のほうが何かをやらかしたのだと気づいた。

「なんかごめん……」

「……ううん。あの、でも、一ノ瀬くんの手って……どういう意味だったのかな」

「荷物持とうと思って」

「荷物……。私の……？」

信じられないという顔で聞き返されて、確信を持つ。

しまった。やっぱり俺がやらかしたんだ。

花火は会った瞬間、俺に荷物を押しつけてきていたし、それに街中でも彼女のバッグを持ってあげている彼氏を時々見かけることがあったから、それが普通のデートスタイルなんだと思っていた。でも、どうやらそうでもなかったらしい。

「荷物は持たないほうがいいんだね。わかった。気をつけるね」

「ううん、私こそ勘違いしちゃってごめんね」

お互い何とも言えない恥ずかしさを抱えながら目を合わせた。

数秒後、どちらからともなく笑ってしまった。

「ぷっ……あははっ。だって一ノ瀬くんずるいよ……。あんなふうに手を差し出されたら誤解しちゃう……あはは！」

「ふっ、ははっ。だよね。よくよく考えれば、荷物を持ってあげてる彼氏より、手を繋いでる人たちのほうが圧倒的に目にする確率高いし。これからは気をつけます。あ、でも、雪代さんがバッグ持ってもらいたいタイプなら俺全然持つけど」

「……バッグを持ってもらうより、手を繋いでほしいな」

俺がそう伝えると、雪代さんは恥ずかしそうに目を伏せてから、消え入りそうな声で言った。

「えっ、あ、そ、そっか……」

「うん……」

俺たちの目がぎこちなく合う。

雪代さんの瞳が何かを期待しているかのように、一瞬だけ俺の右手に向けられた。

「……手、繋ぐ?」

せっかくデートに誘ってくれた雪代さんが、少しでも喜んでくれるなら。

そう思って尋ねてみたら、彼女は両手で口を覆って「うれしい……」と呟き、その場にしゃがみ込んでしまった。

何、この反応……。かわいすぎやしないか……。

俺はやけにうるさい胸の鼓動を聞きながら、ごくりと息を呑んだ。手を繋いでみないかと自分で言いだしたのに、雪代さんがドキドキさせるから、手を差し出すのがめちゃくちゃ照れくさい。

「あの、えっと、はい……」

「うん……」

俺がもじもじしながら差し出した手を、雪代さんは真っ赤な顔で握り返した。

「えへへっ、一ノ瀬くんと手繋いじゃった……」

やばい……。うれしそうな雪代さん、めちゃくちゃかわいい……。

さっきからかわいいって単語しか出てこなくなっているが、語彙が欠落するほど今日の雪代さんがかわいいのだから仕方ない。

第二十三話　図書館デート（後編）

「ねえ、本当に図書館デートなんかでいいの？」

心配そうに尋ねてきた雪代さんに頷き返す。

数日前、デートの行き先を話し合った際のこと。俺がどこか行きたい場所はあるか問いかけると、雪代さんは「一ノ瀬くんの行きたいところがいい」と返してきた。

その時ふと閃いた。普段雪代さんが休日によく行く場所はどうだろう？

せっかくこうやって仲良くさせてもらう機会を得られたのだ。できることなら、雪代さんの日常とか、好きなものとかに触れて、少しでも雪代さんという人を知りたい。

――そんなわけで、俺たちはターミナル駅まで移動し、そこから歩いて十分ほどのところにある市立図書館へとやってきたのだった。

土曜日の館内は、子ども連れの利用者や、調べものに訪れた人々の姿が多く見られた。

「ここって私語厳禁？」

「ううん。実習室はそうだけど、図書室の中は小声で話すのなら大丈夫だよ。ほら見て」

雪代さんが指さしたほうを見ると、利用者案内のボードがあった。

たしかにそこには、『他の利用者の迷惑にならないよう、小声でお話しください』と書かれていた。

周囲を見回すと、美大生らしい二人組が、画集と思しき本を広げて、小さな声で意見を交わし合っているし、少し歩いていくと絵本のコーナーで、若い母親が幼い娘に読み聞かせをしている姿もあった。

「よく来るの？　図書館」

「うん。用事のない休日は必ずかな。みんな静かに息を潜めて、本の海の中をのんびり泳いでいるでしょう？　その感じが落ち着くんだ」

「たしかに背の高い本棚の間をこうやって歩いてると深海魚になったみたいだ」

小声でそう返事をしたら、雪代さんがふふっと笑って「そのたとえ好きだな」と囁いた。

雪代さんがしみじみとした口調で言うから、思わずドキッとなる。

俺は気まずさをごまかしたくて、少し強引に話題を変えた。

「雪代さんってどんな本が好きなの？」

「今は海外ＳＦにハマってるの。読んだことある？」

首を横に振る。読書家の雪代さんに対して、自分に本を読む習慣がないことを打ち明けるのは恥ずかしかった。

とはいえ見栄（みえ）を張ってもしょうがない。

「ＳＦどころか、小説自体あんまり読んでこなかったんだ。あ、でも、今後は読書もしてみるよ」

花火（はなび）の奴隷役を卒業し、自由時間なら山ほどできたし。

「素敵。一ノ瀬くんはまだ巡り合っていない素晴らしい本だらけの世界にいるんだね」

雪代さんは読書不足を馬鹿になんてしなかった。それどころか、読書に興味が湧くような言葉をくれた。

みっともないからとかそんな理由じゃなく、もっと自然な気持ちから『本を読んでみたい』『世界を広げてみたい』と思えてくる。

雪代さんのおかげだ。

一緒に過ごす相手によって、自分の考えも変化するものなのだと改めて気づかされた。

俺は花火といた時の自分が嫌いだ。

雪代さんといる時の自分は――、結構好きかもしれない。

「雪代さん。一番好きな本教えてくれる？　読んでみたい」

そう言ったら、雪代さんは目を見開いた。

「おすすめの本じゃなくていいの？」

「うん。だってなんか『おすすめを教えて』って、『俺が楽しめるものを用意しろ』みたいな感じしない……？」

「ふふっ！　たしかにそうかも！」

雪代さんは声を潜めて笑った。

「ごめんね、笑ったりして。すごくよくわかるって思ったの。実はね、時々おすすめを教えてって言われるんだけど、ほんとはずっとモヤモヤしてたんだ」

「そうだったんだ」

「今の一ノ瀬くんの話を聞いて、ようやく腑に落ちたよ。それに比べて、『好きな本教えて』って言われるのはすごくうれしいな。そんなこと言ってくれたの一ノ瀬くんが初めてだよ。――やっぱり一ノ瀬くん、好きだなあ」

不意打ちのようなタイミングでしみじみと言われ、ドキッとした。

雪代さんは照れ隠しのように笑うと、俺の手を引いた。

「来て」

彼女に導かれ、図書館の奥のほうへと進んでいく。

海外ＳＦの書棚は、入り口カウンターからずっと遠くの窓際にあった。

このジャンルを好む人は少ないのか、周囲には俺たち以外に利用者の姿がない。

「私はこれがとても好き」

少し背伸びをした雪代さんが、一冊の本を棚から取り出した。

差し出された文庫本を受け取る。

今日の雪代さんのように白いワンピースを着た裸足(はだし)の少女が、たんぽぽ色の髪を揺らしながら宙に浮いている。

ポップで不思議な雰囲気の表紙だ。

あらすじを確認し、目次のページを開いてみる。

どうやら短編集らしい。

「とくにお気に入りなのが――、そうこの話」

一緒に本を覗き込んできた雪代さんが、指先でタイトル文字に触れる。

「どんな話？」

問いかけながら顔を上げると、思いのほか至近距離で目が合ってしまった。

「あ、ごめん」

謝って身を引こうとしたとき、文庫本を持っていた俺の手に雪代さんがそっと触れてきた。

彼女の行動に驚いて、もう一度顔を上げる。

「……キスしてみる？」

頰をピンク色に染めた雪代さんは、吐息交じりの声で問いかけてきた。

驚きすぎて言葉が出てこない。

「……花火ちゃんとはしたことある？」

尋ねながら、少しずつ雪代さんの顔が近づいてくる。

もう彼女の唇の動きしか視界に入らない。

花火とは――。

そう答えようとした時、突然、背後で何かを殴りつけているような音が鳴り響いた。

振り返れば、髪を振り乱しながら両手で窓ガラスを叩いている花火の姿があった。

いや、ホラー映画じゃないんだから……。

第二十四話　初デートの終わりに

「学校の人気者になって、女子にチヤホヤされて気分がいいですか？　でもそんなものは幻の幸せなんで、簡単に壊れちゃいますよ」

「またくだらないことをするつもりか？　いい加減、俺に構うのをやめたら？　おまえが何をしてきても俺はなんとも思わないから、やるだけ無駄だよ」

「そんなふうに言っていられるのは今のうちですよ。今度こそセンパイが手に入れたものを奪い取って、独りぼっちにしてあげますから」

窓ガラス越しにこちらを睨みつけている花火は、それだけ言うとスッと姿を消した。

いったい何がしたかったのか。

ていうかやっぱり後をつけられていたみたいだ。

大道寺絵利華の家で覗き見をしていた時は、あんなにわかりやすくバレバレだったのに、どうして今回はここまで完璧に隠れおおせたのか。

……もしかして、大道寺絵利華の時はわざと見つけさせたのか？

あの場で花火を目撃しなければ、俺は大道寺絵利華の背後に花火がいることに気づけないままだったかもしれない。

花火は嫌がらせのために、大道寺絵利華をけしかけていたのだから、花火によって俺が苦しめられているのだと敢（あ）えて知らしめようとした可能性は十分ありえた。

花火が窓ガラスを叩いたりしたせいで、それからすぐ図書館司書の人たちが何事かと集まってきた。

やったのは自分たちではないと説明し、信じてもらえたものの、なんとなく居づらい空気になってしまった。

結局俺たちは、雪代（ゆきしろ）さんに教えてもらった本だけ借りて、そそくさと図書館をあとにした。

それからマックで昼飯を食べて、公園を散歩したりした。

雪代さんと過ごすのは楽しいし、何よりも心が安らぐ。

しかしそう思えば思うほど、窓の向こうにいた花火の尋常（じんじょう）じゃない形相（ぎょうそう）が脳裏に蘇（よみがえ）った。

俺と花火のごたごたに雪代さんを巻き込むわけにはいかない。

ちゃんと雪代さんのことを思うなら、花火の問題が解決するまでは距離を置くべきではないだろうか？

心の奥で悩んでいるうちに、気づけば日が暮れはじめていた。俺たちの初デートがもうすぐ終わりを迎える。

そのとき雪代さんが遠慮がちに手を差し出してきた。今日のデートの冒頭で俺が血迷って荷物を持とした時のように。

どういう意味だろうと首を傾げると、雪代さんはにこっと笑った。

「デートの終わりに握手しよう？」

「あ、うん」

促されて手を握り返す。

「一ノ瀬くん、また私とデートしてくれる……？」

握った手を放さないまま、雪代さんが恐る恐るというように尋ねてくる。

「も、もちろん」

「ほんと？　うれしいな……！　一ノ瀬くん、今日は私とデートしてくれてありがとう！　一緒に過ごせてとっても楽しかったよ」

目をキラキラさせて眩しいくらいの笑みを浮かべた雪代さんが言う。

その自然な表情から、雪代さんが決して無理をしているわけじゃないのはわかった。

だからこそ俺は動揺を隠せなかった。

だって、花火にあんな邪魔をされたのに……。普通の女の子だったら引いてしまい、俺と関わりたくないと思うような出来事だよ……？

俺が目を丸くしたまま言葉を失っていると、雪代さんは笑いながら問いかけてきた。

「なんでそんなに驚いているの？」

「……まさか楽しかったなんて言ってもらえるとは思ってなかったから。花火の件もあったし」

「あ、そっか……！　たしかに花火ちゃんのことはびっくりしたけど、忘れちゃってた」

「え!?」

「あんなインパクトの強い出来事を忘れてた？」

「だって好きな人とデートしてるんだよ？　ドキドキしっぱなしだし、一緒にいれることはすごくうれしいし、頭の中は一ノ瀬くんのことでいっぱいだもん。他のことなんて入り込む余地はないよ」

俺は顔がどんどん熱くなっていくのを感じながら、口元を手で覆（おお）った。

「それに私は一ノ瀬くんがいてくれれば、何が起きても平気って言ったでしょ？　だから私のことは心配しないでね」

トンと自分の胸を叩いてみせる。

かわいらしさの中に不思議な安心感があって……。

もしかしたら雪代さんは、俺が思っている以上に肝が据わっている女の子なのかもしれない。

もっと雪代さんのことを信頼してみてもいいんじゃないかと思わされた。

「ということで、一ノ瀬くん今日は本当にありがとう」

「あ！　送ってくよ」

「ありがとう。でもまだ明るいから大丈夫だよ。──それじゃあ、また月曜日」

「うん、また明日」

雪代さんが手を振って歩き出す。

改札を通り抜けていったその背中を見送っていると、不意に彼女がくるりと振り返った。

「一ノ瀬くーん！　私ねー！　何があっても君のこと大好きだよー！」

「……！」

「えへへ！　ばいばい！」

今度はさっきより大きく手を振ってから、階段の向こうに消えていった。

周囲の人々のからかうような視線を一心に浴びながら、俺は真っ赤な顔のまま帰路についたのだった。

月曜日。

俺が学校に登校していくと、ものすごく奇妙な現象が発生していた。

なぜか男子生徒たちの髪型が、この学校ではほとんど見なかった平凡な黒髪ストレートに変わっていたのだ。

今俺とすれ違ったサッカー部の十一番は、茶髪をワックスで逆立てていたのに、別人みたいな優等生スタイルになっている。

「なんかの流行……？」

でもこんな突然、変化って訪れるものなのだろうか。

首を傾げつつ昇降口に向かうと、俺を待っていたらしい蓮池が駆け寄ってきた。

「なあ、一ノ瀬見たか!?　学校中の男たちが、おまえの髪型を真似てるぞ!?」

「……えっ？　どういうこと!?」

俺が素っ頓狂な声で叫んでしまったのは、言うまでもない。

第二十五話　花火、最後の作戦

「俺の髪型を真似てるって……」

「しかもイケメンたちがな」

俄かには信じられない。

「真似てるって、でも俺の髪型なんてめちゃくちゃ普通だよ」

おしゃれでもなんでもない。

ただの黒髪ストレート。

「なんならちょっとダサいぐらいだし」

それを真似られたと思うのは、自意識過剰すぎる。

「まあ、ダサくなるかどうかはそいつのポテンシャル次第だな。そういう特徴のない髪型って、誰でも似合うってわけじゃないだろ。見栄えするかどうかは、顔面偏差値がモロに影響する。だから流行るのは通常、雰囲気だけでもイケメンに見えるような髪型ばかりだ。耳の上を刈り上げたり、ワックスで後頭部を遊ばせたり」

「なるほど。そういう理由から、ああいう髪型が流行ってたんだ」

「でも一ノ瀬の今の髪型は、してるやつ意外と見なかっただろう？　俺の元カノを寝取った陸上部の桐ケ谷ぐらいだし、あいつだって確実に一ノ瀬の髪型を真似てたよ」

たしかに桐ケ谷は花火とのやりとりの中で、俺の髪型を真似たみたいなことを言っていた。

だからってその他の男子生徒まで同じ行動に出たとは、やっぱり信じ難い。

「俺じゃなくて桐ケ谷のほうを真似たんじゃないのかな」

「ありえないだろ。今のあいつなんて見向きもされてないし。桐ケ谷を真似たいやつなんて一人もいないと断言できる」

体育祭での一件で溜飲を下げたのか、桐ケ谷や元カノの話題が出ても、蓮池が以前のように感情を乱すことはなくなった。

花火にけちょんけちょんに振られた後の桐ケ谷は、すっかりしょぼくれてしまい、自信満々な態度だった頃と比べて存在感も全然なくなった。

もう女子たちが桐ケ谷を見て騒ぐことはない。

そんなふうに桐ケ谷の校内ポジションがガタ落ちしたことも、蓮池が吹っ切れられた理由の一つになっているのだろう。

「俺が見たところ、その髪型がちゃんと似合ってるのなんて一ノ瀬ぐらいだよ。さっきはイケメンたちが真似てるなんて言ったけど、結局どいつもこいつも雰囲気イケメンだったってことだ。一ノ瀬みたいに正統派の美形って相当レアだもんなあ」

見た目なんて好みで評価が分かれると思っているので、俺はとりあえず曖昧な笑みを返しておいた。

「一ノ瀬が半信半疑なのはわかる。おまえの性格的に、そんなことぐらいで調子に乗るようなタイプじゃないし。むしろ真似されたと納得したとしても、迷惑に感じるようなやつだもんな。ただ俺の推測が事実なら、ちょっと気持ちの悪い話じゃないか？」

「それはそうだね」

いきなり学校中のイケメンたちが俺の髪型を真似しはじめたなんて、何の理由もなく起こることではない。

「……おい、一ノ瀬。あれ」

「え？」

蓮池は廊下のほうを指さしている。

なんだろう？

首を傾げて、そちらに視線を向けると――。

俺とまったく同じ髪型をした男たちが十数人、ぞろぞろとこの教室に向かってくる。

何人かの顔には見覚えがあった。俺が胃痛で倒れたあの日、花火と一緒に俺を馬鹿にしたやつらの一員だ。男たちは俺の前まで来ると歩みを止めて、左右に割れた。

そこで初めて、彼らの中心にいた花火が姿を現した。

俺とそっくりな髪型をした男たちに守られて、花火はまるで女王様のようだ。

当然周囲の生徒たちも、なんだなんだと騒ぎはじめる。

何がしたいんだ、あいつら……。

呆れ半分にその光景を眺めていると、目の前に立った花火の瞳が不意にうるっと揺れた。

「センパイ、急に別れるなんて言われても、やっぱり私、受け入れられません……」

花火はか細い声でそう言うと、何かに怯えるように身を縮こませた。

普段の花火とはかけ離れた態度だ。

こんなの演技に決まっている。

俺は一瞬たりとも騙されなかった。

だが花火の本性を知っている人間は他にはいない。案の定、華奢な肩を震わせて泣く花火を見て、野次馬たちの顔に同情の色が浮かび上がった。

「別れるって、あの二人付き合ってたってこと……？」

「嘘⁉　私、最近の一ノ瀬くんいいなあって思ってたからショック……！」

「そんなの私もだよ……！」

「それより女の子のほうって、学園一の美少女って評判の如月花火ちゃんでしょ？」

女子たちの間から、そんなヒソヒソ声が聞こえてくる。

花火は周囲の様子を視線でサッと確認してから、ポロポロと涙を流しはじめた。

「どうして何も言ってくれないんですか、センパイ……。たしかに付き合ってる時、口ごたえするなって命じられてましたけど……、でも何も言わなかったら、私捨てられちゃうんですよね……。中学生の頃からずっと付き合ってきたのに、人気者になった途端、振るなんてひどいです……。ううっ……」

花火は手のひらに顔を埋めて、激しく泣きじゃくった。

周囲の取り巻きたちが慌てて花火に駆け寄る。

甲斐甲斐しくハンカチを差し出す男子や、なぐさめの言葉をかける男子に囲まれた花火は、シクシクと泣き続けている。

野次馬たちの混乱は当然のごとくに増した。

「『口ごたえするな』って……やばくない？」

「完璧モラハラだし、なんならＤＶじゃん⁉」

「信じらんない。そんなふうに見えないのに……」

「ＤＶ男って外面（そとづら）はいいっていうじゃん？」

「しかも人気が出た途端、別れるって……」

もう誰も声を潜（ひそ）めたりせず、好き勝手なことを言っている。

俺は開いた口が塞（ふさ）がらなかった。

言葉の暴力で支配していたのは花火であって、俺ではない。

「ちょっと待て！　一方的な話を鵜呑（うの）みにして、一ノ瀬を変な目で見るのはよくないだろ」

そう言って庇（かば）ってくれた蓮池がこちらを振り返る。

「一ノ瀬、正直俺は今の話を信じていない。そもそも付き合っていたなんて、噂すら耳にしたことがないぞ」

「蓮池、それに関しては事実なんだ」

俺の言葉を聞き、野次馬たちからザワッと声が上がる。

蓮池も目を見開き驚いている。

当然こういう反応が返ってくることはわかっていた。でも嘘をつくわけにはいかない。

視界の端には、泣き真似をしながらこちらの様子を窺（うかが）う花火の姿が映っている。

「そうだったのか……。それじゃあ、一ノ瀬から振ったという話は……？」

「それも本当だ」

またざわめき。

「でも、ＤＶだのモラハラがどうとかいう部分は否定させてもらう」

むしろ俺は被害に遭っていた側だ。

俺の言葉に顔色を変えたのは蓮池だけだった。

他の生徒たちは、俺が付き合っていたことを認めた時点ですでに悪人を責めるような目つきになっていたし、実のところ口を開く前からこんな結果になる気がしていたのだ。

「……モラハラされてた側って。……女子が男子にそんなことするなんて考えられないでしょ……」

誰かがぽそっと呟く。

そう。世間的には、『男が加害者で、女性は被害者』というイメージが、根強く植えつけられている。

それゆえ、今の俺は完全に分が悪かった。

俺を見る生徒たちの視線の中には、非難するような敵意が宿っている。

まるでオセロの盤上で白い石が見る見るうちに黒い石へと裏返っていくみたいに。

気づけば俺の周りは、蓮池を除いて敵だらけになっていた。

なるほど。花火の言っていたのはこういうことだったのか。

第二十六話　林間学校とジンクス

もともと花火が学校の有名人だったせいか、その朝の出来事はあっという間に広まり──。昼過ぎには、二年A組を除くほとんどの生徒から『最低なモラハラ男』と陰口を叩かれるようになっていた。

女子たちは偶然俺と視線が合っただけで、怯えたような悲鳴を上げる。その反応から、尾びれのついた噂が広まっているのはなんとなく想像がついた。まだ前髪を長く伸ばしていた頃ですら、ここまで露骨な態度を取られることなどなかった。

きっと花火は今頃ほくそ笑んでいることだろう。花火が望んだとおりの結果になったのだから。

体育祭以降、こっちが戸惑うほどチヤホヤしてきた名前も知らない生徒たちは、根拠のない噂話ひとつで簡単に手のひらを返した。

別に人気者になりたかったわけじゃないけれど、上辺だけで人を判断するような態度を目の当たりにすると、なんとも言えない気持ちになった。

しかも間の悪いことに、噂が冷めやらぬうちに林間学校当日がやってきてしまった。

普段の学校生活の場合、クラスメイト以外の生徒と顔を合わせる機会はたいして多くない。だから登下校の際と、週に三回の合同体育の授業の時にだけ、心ない声や責めるような視線をやり過ごせばよかった。

でも林間学校ではそうもいかない。

林間学校で利用する施設『せせらぎ自然公園』に到着し、写生をするため森へ移動した直後から、嫌がらせがはじまった。

「おー！　モラハラ野郎がいるぞ！」

「うおおっ、目が合った！　俺もモラハラされちゃう!!」

「ぎゃははっ！　安心しろって。モラハラするようなやつは、自分よりか弱い女子相手にしか威張り散らせないから!!」

「ほんっとだっせーよな。なあ、モラハラくーん！　聞いてるー!?」

うんざりしながら振り返る。騒いでいたのは桐ケ谷とそのクラスメイトたちだ。

写生に適した場所を探すために、俺が蓮池たちと別れて単独行動をとりはじめたところを見計らって絡みに来たのだろう。

いまだに花火に未練があるのか、はたまたリレーで俺に負けたことへの意趣返しがしたいのか、桐ケ谷の暴言は止まらない。

「しかもモラハラなんてしてたクズ男のくせに、最近まで人気者気どりだったんだから笑えるよな。ボロが出た今じゃ、もう誰もチヤホヤしたりしないけど！」

反論したって、相手を喜ばせるだけなことは知っている。モラハラの噂を流されて以来、あまりにしつこく絡んでくる相手には言い返したりもしてきたが、聞く耳を持つ人間なんて一人もいなかった。そもそも噂に便乗して騒いでいるやつらは、真実なんかに興味がないのだ。

しかし学校にいる時と違って、教室に移動してやり過ごすことはできない。しかも桐ケ谷たちは俺を取り囲んで、自分のクラスの生徒のもとへ戻れないよう嫌がらせをしてきた。

「さっきから黙ったままだけど、聞いてんのか？　何か言い返したらどうなんだよ、モラハラヤロー！」

俺の肩を桐ケ谷が乱暴に掴んだその時――。

「おい！　何してる!!」

地を這うような低い怒鳴り声を上げながら、蓮池が画板を投げ捨てて駆け寄ってくる。

蓮池だけでなく、雪代さんや、相原など、俺のクラスメイトたちが続々とその後に続いた。

表情を一目見ただけで、皆いきりたっているのがわかる。

クラスメイトのみんなは画板を盾代わりに、まるで俺を守る防壁のように桐ケ谷と俺の間に立ちはだかった。

「高校生にもなって、くだらないいじめみたいなことすんなよ！」

「リレーで負けて逆恨みしてるのが見え見えだよ！」

「ほんっと見苦しい！　一ノ瀬くんに絡んでる暇があったら、自分のその性格直せっての！」

「な、ななななんだとぉおおっ!?」

「こら、そこ！　何を騒いでいる！」

さすがに騒ぎが大きくなりすぎてしまったようで、異変に気づいた教師が駆け寄ってくる。

桐ケ谷たちは人数の少なさを活かして、蜘蛛の子を散らすように逃げ去ってしまい、残されたうちのクラスの生徒だけが小言を言われる結果となってしまった。

クラスメイトは誰一人俺のことを責めなかった。それどころか俺が原因だと教師に名乗り出ようとした途端、全員そろって阻止してきたぐらいだ。結局、教師はわけがわからないという態度で首を傾げ、「林間学校だからって、羽目を外しすぎないように」と注意して去っていった。

その直後、クラスメイトたちは心配そうな顔で俺に声をかけてきた。

「一ノ瀬くん、大丈夫だった？　桐ケ谷のやつ、ほんっとドクズだよね……!!」

「何度も言ってるけど、あんな噂話、俺たちは誰も信じてないから安心しろよな」

「うんうん！　一ノ瀬くんと接していたら、モラハラなんてしない人だってわかるもん」

「……みんな、ありがとう……」

桐ケ谷たちから絡まれている時はなんとも思わなかったのに、クラスメイトのみんなから優しい言葉をかけられると、胸に響いてどうしたらいいのかわからなくなる。

そう。学校中の生徒たちが俺を悪く言おうとも、俺のクラスメイトたちだけは噂が流れる前と一切態度を変えなかったのだ。

それどころか、こうやって俺が絡まれるたびに、必ず助けに入ってくれた。

だから正確には花火の望んだとおりになんてなっていない。

たしかに俺の周りから人は遠ざかったけれど、それは俺にとってどうでもいい者たちで、初めて友達や仲間だと思えた人たちは、変わらず傍にいてくれているのだ。

とはいっても、手放しで喜べる状況ではない。

現に今だって、俺のせいでクラスメイトが先生に注意される事態を引き起こしてしまった。

俺のために怒ってくれるたび、彼らは不快な思いをすることになるのだ。そう考えると、どうしようもないくらい申し訳なさを感じる。

優しい彼らのことが好きだから、その人たちが愉快に暮らせないような状況を自分が招き寄せている事実が辛かった。

けれども俺の申し訳ないという気持ちとは裏腹に、クラスメイトたちはその後も俺から離れていこうとしなかった。そのうえ少しでも他のクラスのやつが絡んでくると、全員で反論して返り討ちにしてくれるのだ。

俺が恐縮してお礼を言うたび、みんな「気にしないで」と笑う。

きっと林間学校は散々なものになるであろうと予想していたけれど、クラスメイトのおかげで最悪な状況は回避できそうだ。

本当にみんなには頭が上がらない。

昼食を挟んで続いた写生の時間が終わる頃には、西の空が朱色に染まりはじめていた。

これからキャンプ場で、それぞれの班に分かれて、飯盒炊爨とカレー作りをすることになっている。

俺は、蓮池、雪代さんを含む五人のクラスメイトと同じ班。

班長の蓮池から、雪代さんと二人で野菜を切ってほしいと言われたので、ともに作業台へと向かった。二人で野菜を切るといっても包丁の割り当ては各班一本ずつなので、俺は予備のキャンプ用十徳ナイフでの作業だ。残りのメンバーはその間に火を熾し、飯盒炊爨の準備にあたってくれるようだ。

「先にまとめて皮を剝いちゃうよ。たまねぎ以外の野菜は一緒に炒めるから、同じボウルに入れちゃっていいかな？」

「……あ、う、うん！　いいと思う」

俺が尋ねると、どことなくぼんやりしていた雪代さんが慌てて頷いた。

「雪代さん？　どうしたの？」

「……ごめんね。さっきのことが頭から離れなくて……」

「さっき？　もしかして、桐ケ谷たちのこと？」

「うん……。あんな嫌がらせをするなんて最低だ。桐ケ谷くんたちだけじゃなく、一ノ瀬くんのことを臆測だけで好き勝手言う人たちのことも許せない。一ノ瀬くんのことを悪く言う人たちの口なんて、針と糸で縫いつけちゃいたいぐらい」

雪代さんは大真面目な顔をして怒っているのだけれど、独特な発想があまりに彼女らしくて、俺は少し笑ってしまった。

俺のためにそこまで言ってくれる人がいる。その事実がありがたくって、面映ゆい気持ちもあった。

あの時庇ってくれたクラスメイトたちや、こんなふうに味方でいてくれる雪代さんがいることがうれしくて、桐ケ谷たちに言われたあれやこれやなんて、どうでもよくなってきた。

「笑ったりしてごめん。雪代さんの気持ちはすごくうれしいよ。だけど俺はもう気にしてないから心配しないで」

「それは一ノ瀬くんの本心？」

まだ眉を下げたまま雪代さんが尋ねてくる。

「無理してるってわけじゃないよ。自分が好きな人たちが傍にいてくれるなら、外野になんて言われようが構わないって感じたんだ。それにせっかくの林間学校だから。くだらないことに煩わされて、心から楽しめないなんてもったいないだろう？」

雪代さんを安心させたくて笑いかけると、雪代さんもようやく微笑んでくれた。

「そっか、そうだね。うん。それじゃあ私も桐ケ谷くんたちのことは忘れて、一ノ瀬くんと一緒に楽しむことにするね」

「ああ。俺としてもそのほうがうれしいよ」

「あっ、じゃあ、あのね……切り替え早すぎって思われるかもしれないんだけど……」

「うん？」

「……この後のキャンプファイヤーあるでしょう……？　もし一ノ瀬くんと一緒にいられたら、私としてはこんなに楽しいことはないのですが……いかがですか……！」

「キャンプファイヤー……」

うちの学校には、林間学校のキャンプファイヤーの時間を好きな相手と一緒に過ごすと、想いが報われるというジンクスが代々語り継がれている。

もしかして雪代さんはそのことを言っているのだろうか。

俺が問いかけるように雪代さんの目を見ると、夕暮れの中でもはっきりわかるぐらい彼女の顔が赤くなった。

「ジンクスを信じているなんて乙女すぎると思う……？」

「いや、そんなことはないけど……」

そこまで俺のことを好いていてくれるなんて、ちょっとどころじゃなく気恥ずかしい。

「本当に俺と過ごすのでいいの？」

思わずそう尋ねたら、なんてことを聞くんだという顔をした雪代さんにかわいく睨まれてしまった。

「当然だよ。一ノ瀬くんは私の想い人なのですから」

「あ、えっと、はい……。じゃあ、キャンプファイヤーの時はよろしくお願いします」

「……！　こちらこそ……！　ありがとう……うれしい……」

だめだ。死ぬほど照れくさい。

雪代さんもさっき以上に赤い顔をしている。

その時、笑顔を交わし合っている俺たちに気づいた蓮池から「おーい、いちゃついてないで手も動かしてくれよ」などというヤジが飛んできた。

周囲のクラスメイトからも、嫌みのない笑い声が上がる。

俺と雪代さんはみんなに照れ笑いを返して、作業に取りかかったのだった。

第二十七話　決着

夕食の片づけがすべて終わると、生徒会メンバー以外の一般生徒は一旦宿舎に戻らされた。

この間に入浴を済ませる流れになっているのだ。

大浴場へ向かうため着替えを取りに部屋へ戻ると、鞄(かばん)の下に見慣れないメモが挟まれていた。

「あれ？　いつの間に……？」

なんだろうと思いつつメモを広げると、雪代(ゆきしろ)さんからのメッセージだった。

『一ノ瀬(いちのせ)くんへ

キャンプファイヤーがはじまる前に、二人だけで話したいことがあります。

宿舎の裏で待っているので来てもらえますか？

雪代　史(ふみ)』

不在にしている間に訪ねてきた雪代さんが置いていったのだろうか。

隣の席だということもあり、雪代さんの筆跡はわかる。雪代さんは今時珍しくものすごく達筆なので、一目見たら忘れようがなかった。手紙は雪代さんからのもので間違いなさそうだ。

この後すぐまた会えるのに、いったいなんの用だろう？

二人だけと書いてあるから、深刻な用件なのかもしれない。

雪代さんをこれ以上待たせたくはないという一心で、深くは考えず急いで宿舎の裏に向かう。

今思えば、それがよくなかった。

「ずいぶんと待たせてくれたじゃないか、一ノ瀬」

息を切らして宿舎の裏に辿(たど)り着くと、そこには雪代さんではなく、桐ケ谷(きりがや)たちの姿があった。

「こんな原始的な方法に引っかかってくれるとはな！　よし、縛れ！」

「は……？」

縛れって……。

桐ケ谷は意味のわからない命令を発する。桐ケ谷の仲間たちは心得たとばかりにサッと俺を取り囲んだ。呆気(あっけ)に取られている間に、俺はロープで縛り上げられてしまった。

おいおい、何考えているんだこいつら。ありえないだろう……。

「なんのつもりでこんな暴挙に出たんだ。学校側にこれがバレたら停学処分ものだぞ」

「うるさい！　姫の気持ちを取り戻すためには、このぐらいのことをする必要があったんだよ！」

「姫？　……まさか、花火(はなび)のことを姫って呼んでるのか……？」

正気を疑いながら尋(たず)ねたら、桐ケ谷は真っ赤な顔で俺を睨(にら)みつけてきた。

「おい！　腕だけじゃなく口も縛れ！」

後ろ手に縛られている俺はろくに抵抗することもできないまま、口に猿轡(さるぐつわ)を嚙まされた。

ずいぶんと準備がいい。

どうせ今暴れてみたところで、多勢に無勢、無駄に疲れるだけだから、おとなしく様子を見ることにした。

俺のジャージのポケットには、夕食作りの時に使った十徳ナイフが入っている。

行動に移す機会さえ誤らなければ、それを使って逃げ出すことは可能だ。

呼び出されたのが風呂に入った後だったら、ナイフを持っていなかっただろうから、桐ケ谷たちの運のなさのおかげで九死に一生を得たようなものである。

「後は指示された場所に連れていくだけだな。来い」

乱暴に背中を押され、宿舎の裏手に広がる林の中へ連れていかれる。

林の中は急な下り斜面になっていた。縛られた状態で、月明かりだけを頼りに下っていくのはかなり大変だ。桐ケ谷たちなどは懐中電灯を持っているのに、何度も足を取られている。

「はぁ……はぁ……。ここまで来れば叫び声を上げても誰にも聞こえないだろう。よし、こいつを木に括りつけるぞ」

息切れをしている桐ケ谷たちが、俺の体を木に縛りつける。

「これでおまえはもうキャンプファイヤーに参加できない。残念だったな！」

桐ケ谷たちはせせら笑いながら、乱暴に猿轡を解いた。

桐ケ谷の言うように、この場所でいくら叫んでも宿泊施設までは届かないだろう。

「――キャンプファイヤーに参加させない、それが目的か？」

「そのとおりですよ」

俺の問いかけに答えたのは桐ケ谷ではない。

その声を聞き、うんざりするより先に驚いた。

「まんまと捕まってくれて、ありがとうございますセンパイ」

「花火……」

懐中電灯を手に、おぼつかない足取りで崖を下りてきた花火を、桐ケ谷が慌てて手を貸しに行く。花火はそんな桐ケ谷を鬱陶しそうに払いのけてから、得意げな顔でふんぞり返ってみせた。

「……こんなところで何してるんだ？」

俺の周りで起こる煩わしい事態は、いつだって花火絡みだったけれど、さすがに今回は予想外だ。

まさか林間学校でやってきた人里離れた山の中に、他学年の花火が姿を見せるとは思わないだろう。

「はい、ご苦労様です。でも、もう十分なんで戻っていいですよ」

まるで虫を追い払うように、しっしと手を振る花火。普通なら怒りそうなものなのに、一度花火にこっぴどい振られかたをしている桐ケ谷は、花火の機嫌を損ねるのを恐れるように、仲間を連れてそそくさと去っていった。

「さあ、センパイ。邪魔者はいなくなりました。私と二人きり、ゆーっくりおしゃべりしましょうねえ？」

月明かりを背にした花火が、にいっと笑う。

他学年の学校行事に紛れ込み、問題事を起こすなんて正気の沙汰じゃない。

「桐ケ谷たちにも言ったけど、学校側に知れたら停学は免れないぞ」

「あはっ。停学なんてそんなもの」

花火はそう言うと、肩を竦めてみせた。

「この学校に伝わるジンクスのことは私だってちゃんと知っていますよ。だから絶対にセンパイをキャンプファイヤーには参加させてあげません」

「は？」

「はぐらかそうとしたって無駄ですよ。雪代史に誘われたんでしょう？　キャンプファイヤーのとき一緒に過ごそうって」

頭が痛くなってきた。

「まさか俺の邪魔をするためだけに、わざわざ林間学校に紛れ込んだのか？」

「もちろんです」

「ありえないだろ。そんなことのために……」

「えー。そんなことなんて言っちゃいます？　私にとっては大事なのに、ほんとにひどいセンパイですねえ」

なんで俺の私生活が花火にとって大事なのか、まったく理解できない。理解したいとも思わないが。

後ろ手に縛られ、木に括りつけられている俺と、自由に動ける花火。

自分のほうが圧倒的優位にあると思ったらしい花火は、得意げな態度でいつものモラハラ発言を繰り出してきた。

「こんなことになったのも、もとはと言えばすべてセンパイのせいなんですよ？　センパイが学校中に広まっている噂をちゃんと気にして林間学校を休んでいれば、私だってここまでしなくて済んだんですから」

「……」

「ちゃんと反省してくださいね、センパイ？　センパイがどれだけ罪作りな存在なのか、思い出してもらわないと」

俺が言い返さないのをいいことに、花火の身勝手な発言はエスカレートしていく。

それがこちらの思惑通りの展開であるとも知らずに。

俺は、俺を言葉責めするのに夢中になっている花火の隙（すき）をついて、手首を縛っているロープを少しずつ緩（ゆる）めていった。

「今のセンパイは学校中の嫌われ者です。昔と同じ、センパイには私しかいないんだって思い知りましたよね？　うふふふふ！　いい気味！」

花火が高笑いするのと同時に、手首を締めつけていた縄がするりと解けた。

ここまでいけば、あとは容易（たやす）い。

俺はジャージのポケットの中からナイフを取り出し、木に体を縛りつけているほうのロープを切断した。

よし、これで完全に自由だ。

手を払いつつ木から背を離すと、余裕の態度で笑っていた花火の表情が凍りついた。

「は？　……え？　は⁉　な、なんで⁉　センパイ、どうして自由に動いてるんですか⁉」

「雪代さんの筆跡を完コピしたり、桐ケ谷たちに猿轡なんて用意させる暇があったら、簡単に解けないロープの縛り方を調べさせるべきだったな」

解いたロープを花火に向かって掲げてみせると、花火の口元がひくっと引き攣った。

これ以上、こんなところにいる必要はないし、キャンプファイヤーを一緒に見ようと約束した雪代さんを待たせてしまっている。

この場を去ろうとして花火に背を向けたところで、後ろから焦ったような声が聞こえてきた。

「ま、待ってくださいっ!!　だ、だめ……!!　センパイをあの人のところへは行かせませんっ!!」

花火の身勝手な訴えを無視して足を動かす。

「だめですってば……!!　センパイ!!　行かないで――きゃっ⁉」

何やらただならぬ叫び声が上がる。

その直後、ズザザザザッという不穏な音が響いた。

さすがに振り返った俺の視界のどこにも花火の姿がない。

崖を覗き込むと、かなり下のほうに丸まって苦しむ花火の姿があった。

花火が手にしていた懐中電灯は、さらに遥（はる）か下で小さく点滅し、やがて消えた。

……何やってるんだ、あいつ。

呆れ交じりの溜め息が零（こぼ）れる。

花火を心配する気なんて起きないし、自業自得（じごうじとく）、なんだったら罰が当たったとさえ思えたが、ここで見捨てると、打ち所が悪くて万が一のことがあった場合、寝覚めが悪そうだ。

仕方なく俺も崖を下り、花火が倒れている場所まで向かう。

「うっ……あうっ……」

土の上で丸まった花火は、青白い顔をして、呻（うめ）き声を漏（も）らしている。

額（ひたい）には脂汗（あぶらあせ）が浮かんでいた。

痛みの原因は、ありえない方向に曲がった右足にあるのだと一目見てわかった。

素人目（しろうとめ）に見ても、間違いなく折れている。

林間学校の参加者である俺のほうは、消灯前の点呼（てんこ）にいない時点で不在に気づいてもらえるだろうが、ここにいるはずのない花火のことは、俺が報告しない限り、誰も探しに来ないだろう。

桐ケ谷たちが様子を見に来る保証はないし、俺が黙って置き去りにしたら、花火はこのまま誰にも発見されることはなく——なんてこともありえるのだ。

花火なんかのせいで、間接的な殺人者になるなんて冗談じゃない。

崖の上に戻ったら、教師に報告してなんとかしてもらおう。

そう考えて、俺が歩き出そうとしたとき——。

「あ……っ……」

さっき俺を引き留めた時とは違う。

消え入りそうなほどの小ささで、花火が心細げな声を上げた。

理由は考えるまでもない。

暗闇が尋常でないくらい苦手な花火は、取り残されるのが怖いのだ。

花火の持っていた懐中電灯は壊れてしまったし、いつの間にか月は雲に隠れている。

普通の人でも林の中の暗闇に一人きりでいるとなったら、恐慌をきたすと思う。

暗闇恐怖症なうえ、脂汗をかくほどの怪我をしている花火にとっては、ほとんど拷問のようなものだろう。

花火がどんな思いをしようがまったくどうでもいい俺としては、微塵も躊躇わずにこの場に花火を置き去りにしていくことができる。

だからこそ、ふとある考えが脳裏を過った。

これまで花火に対しては、一切優しさを見せずに突き放してきたが、その方法では花火の抱く謎の執着を断ち切ることはできなかった。

ならば、少しやり方を変えてみたらどうか？

暗闇は花火唯一の弱点だし、ここまで追い詰められている花火を目の当たりにする機会はなかなかない。

この弱味に付け込み、恩を売って、今後俺に関わらないよう約束させる——、そんな作戦を試してみたくなった。

だめでもともと。

馬鹿のひとつ覚えで突き放すより、もしかしたら効果があるかもしれない。

——やってみるか。

「……」

俺が溜め息を吐きながらその場に座り込むと、花火は痛みを堪えた顔のまま、わけがわからないとでもいうように俺のことを見上げてきた。

「センパイ、どうして……？」

「花火は一人で暗闇にいるのが苦手だろ。この暗さの中、花火を背負って急な崖を登るのはさすがに無理だし。キャンプファイヤーが終われば、すぐに点呼があるから、二人でここにいても三十分後ぐらいには発見してもらえるはずだ。ただ、怪我の痛みが辛すぎて耐えられないなら人を呼んできてほしいって言うならそうするけど？」

花火は眉を寄せたまま、首を横に振った。

「……なんで……優しくしてくれるんですか……」

「……」

「……絶対……うっ……置き去りにされると思ってたのに……」

「……へえ。そうされても仕方ないことをしたって自覚はあったのか」

なんでもかんでも都合のいいように解釈する花火の思考回路には何度も呆れさせられてきたから、今回もまたそんなことを言いだすのではないかと想像していたのだけれど。

「花火のことだから、『本当は私を好きだから放っておけなかったんですよね？』ぐらいのことを言ってくるのかと思ってた」

そっけない口調で俺が言うと、花火は青白い顔をくしゃりと歪めた。

それから力なく項垂れる。

たとえ他人の前ではか弱い女の子を演じたとしても、俺一人しかいない場面では決して気弱な表情など見せないのが花火だ。

花火は、見下している俺に弱いところを晒すぐらいなら、死んだほうがマシだと考える人間なのだ。

だから今のこの態度は演技ではない。

痛みのあまり、まともな判断ができていないんじゃないか……？

弱っている花火のことを、珍獣を見るような目で観察していると、色のない陶器のような花火の頬を、一滴の涙が伝い落ちた。

は……？

……花火が泣いた？

「……っ」

花火自身も自分の涙に驚いたらしく慌てて頬を拭うが、一度溢れ出した涙は、花火の意思に反して止まってはくれなかった。

「私だって本当は……ひっく……センパイが私を好きじゃないって……わかっていました……うっ……」

は……？　何言ってるんだこいつ……。

ていうか、なんだこの状況……。

たしかに鞭から飴に切り替えて、恨まれながら絶縁するのではなく、お互いわだかまりのない状況にして関係性を断ち切ろうとは思った。

とはいえこんな意味のわからない展開になるとはまったく予想していなかったから、内心かなり衝撃を受けている。

「でも、そんなの認めないって……思って……。だって、センパイは一生ずっと私だけのセンパイのはずだったのに……」

「……」

「こんなこと言うつもりもなかったし……センパイが私を好きじゃないって事実と向き合う気も……なかったのに……ううっ……。……私を見捨ててから冷たくなってしまったセンパイが……こんな辛い時にだけ……優しくしてくれたから……虚勢を張っていられなくなっちゃいました……えっぐ……ひっく……」

俺はぽかんと口を開けたまま、花火を見返した。

この涙や発言を、そのまま信じる気には到底なれない。

もちろん相手が花火でなければ、こんなふうに疑ったりはしなかった。

けれど花火の人間性がありえないレベルでクズだということを、俺は嫌というほど知っているのだから。

今の状況を真に受けたりしたら、俺に学習能力がなさすぎるという話になってしまう。

「おまえ、何の意図があってそこまで体を張った嘘をつくんだ？」

花火はまた涙を溢れさせながら、短く息を吸った。

泣きすぎて呼吸が乱れ、肩が小刻みに震えている。

女優かと思うレベルの演技力である。

「……嘘なんかじゃないです……」

「無理がある」

「……信じてもらえないのは仕方ないですね……。今までずっとへそ曲がりな態度を取ってきたせいだってわかってますし……」

「……」

「……センパイ。ひとつだけ聞いてもいいですか……」

「何」

「……どうして私と縁を切るって言ったんですか……」

俺は思わず笑ってしまった。

どうして、だって？

「そんなこと俺の口からわざわざ説明するまでもないことだろ」

「……説明してくれないとわからないです。……だから納得できなくて、何度もセンパイに尋ねようとしましたし……。突然突き放されたことに腹が立って、やり返したいって気持ちを抑えられなくなっちゃったんです」

かつての花火に対する怒りが沸々と湧き上がってくる。

俺をあれだけ苦しめておいて、当の本人はその事実に無自覚だったということが許せなかった。

「わからないんだったら教えてやる。花火、おまえは初めて会った幼稚園の頃から、俺が縁を切ると宣言するまで十年以上、俺にモラハラをし続けてきたよな」

「え……」

「白々しくとぼけるのはやめろ。口を開けば愚図だのゴミだの役立たずだの。そういう言葉や態度で俺をコンプレックス塗(まみ)れの人間にして、自分にとって都合のいいように操り続けただろ」

花火は真っ赤になった目を見開いたまま、茫然(ぼうぜん)としている。

「自分の奴隷扱いするために暴言を浴びせかけてきたよな？　忘れたとは言わせないから」

「ち、ちが……。違います……っ……」

勢いあまって体を動かしたせいで右足が痛んだのか、花火は息を呑んで顔をしかめた。

俺は「鞭から飴へ」作戦のことも忘れて、そんな花火を冷ややかに見下ろした。

花火の呪縛から逃れられて以来、俺の人生は幸せなものになったけれど、かつての辛かった日々を思い出すと、やっぱりまだどうしても苛立ちを隠せない。

その怒りを消し去る必要もないと思えた。

モラハラやＤＶの被害者は、『自分にも悪いところがあった』と考えてしまうために泥沼にはまるのだと知ったから。

自分の人生を取り戻して以降の俺は、できるだけ当時の自分のことを責めないようにしていた。

花火は俺が怒りのこもった目で睨みつけると、ヒッと言って身を震わせた。

本気で怯えているのか、これも演技なのか判断はできないがどっちでもいい。

「……私、センパイを奴隷だと思ったことなんてないです……。だってセンパイは私の彼氏だったじゃないですか……」

「だから、彼氏っていう名目の奴隷だろ？　どういうつもりで俺を彼氏だと呼んでいたのか知らないけど、どうせ俺を丸め込むのに都合がいいとかそんな理由だろうし」

「なんで……そんなこと……。……そんなの……！　そんなのセンパイのことが好きだからに決まってるじゃないですか……っ」

「…………………………………………は？」

花火が泣きだした時も予想外の展開すぎてかなり驚いたが、まさかそれ以上の衝撃を与えてくるとは。

今まで一度だって花火から好きなんて言われたことはない。

……だめだ。俺にはこのモラハラ女の思考をまったく理解できないや。

「単純に疑問なんだけど、泣いたり、好きだって言ったり、そういう嘘をついてどんな得があるんだよ」

「だから嘘じゃないんです……！　私は本当にセンパイが好きで――」

「ふざけた言い逃れをするなよ！」

「……っ」

いい加減、堪忍袋（かんにんぶくろ）の緒（お）が切れた。

「好きな相手を貶（けな）したりするわけがないだろ。好きな相手のことを馬鹿にする人間がどこにいる？　好きだったら傷つけるようなことを言ったりしないだろ」

「……」

「好きな相手ならその人の幸せを願うはずだ。でもおまえが俺にくれたのは不幸と絶望だけだよ」

「おまえと過ごした十年あまり、俺が幸せだった日は一日だってなかった」

「………………」

また花火の両目から大粒の涙が溢れ出した。

馬鹿馬鹿しい。くだらない。

視界に入れていたくなくて、俺は花火に背を向けた。

やはりもう一秒たりとも花火と一緒にいたくはない。

そう思って立ち上がろうとした時――。

「…………ごめんなさ……」

ほとんど聞き取れないような声で、花火が謝罪の言葉を口にした。

我が耳を疑いながら振り返る。

俺に謝るぐらいなら、花火は死を選ぶようなやつなのだ。

冗談抜きで本気でそういう人間なのだ。

「ごめんなさい……ごめんなさい……。……センパイには私しかいないって思ってほしかったんです……。すごく好きだったから……っ。……ごめんなさい。……いつか誰かにとられちゃうのが怖くて……センパイのよさは私だけが知っていればいいから……って……。センパイをダメな人だと思い込ませて……誰からも愛されないようにしたかったんです……ごめんなさい

「……」

「……」

なんだよそれ……。

そんな身勝手な気持ちを好意だなんて言ってほしくない。

「花火は俺のことなんか好きじゃないだろ」

「そんなことない……センパイ大好きです……っ」

「違う。おまえは自分のことしか考えていないから。俺がどうなろうが、どう思おうが気にしていないのに、どこが好きだよ」

「……そんな……だって……私にはセンパイしかいないのに……。……私の想いは……センパイを不幸にするだけの間違った好きだったんですか……？　……ううっ……うわああん……」

体を丸めた花火が、幼児のような泣き声を上げる。

俺は何を思えばいいのかわからないまま、複雑な気持ちで花火を見下ろした。

「――……い……どこだー……。……――おーい……一ノ瀬……！」

遠くのほうで誰かが俺の名前を呼んでいる。

その声は少しずつ大きくなっていく。

俺も崖の上に向かって、おーいと呼び返した。

花火は静かな声で泣き続けている。

どうやらこのまま見つけ出してもらえそうだ。

エピローグ

——それからどうなったかというと、蹲(うずくま)って花火(はなび)が泣きだした少し後に、俺はクラスメイトたちによって無事発見してもらえた。

後から聞いた話によると、最初に雪代(ゆきしろ)さんがキャンプファイヤーに姿を見せない俺のことを不審に思って、蓮池(はすいけ)に尋(たず)ねてくれたらしい。

そこから夕食以降、誰も俺を見かけていないことが発覚し、クラスメイト全員で俺の捜索を行ってくれたのだという。

その結果、うちのクラスの生徒はみんなキャンプファイヤーに参加できなくなってしまったというのに、誰一人俺を責めたりはせず、「大変な目に遭(あ)った」と言って俺の身を案じてくれたのだった。

花火と桐ケ谷(きりがや)たちのしでかしたことはすべて教師の知るところとなり、全員に停学処分が下された。

病院に運ばれた花火は、右足を複雑骨折していて手術をしなければならなくなったため、そのまま入院することになったそうだ。

それについては、林間学校の二日後に花火から届いた謝罪の手紙の中に短く書いてあった。

「はっきり言って理解の範疇を超えてる。これまで敵意を剝き出しにして絡んでいたくせに、突然謝ってきたり。挙げ句の果てに俺を好きだと言いだしたり」

花火から手紙が届いた日。

そのことを雪代さんに電話で伝えると、休日だというのにすぐに彼女は会いに来てくれた。今は俺の家の近所の公園で話をしているところだ。

並んで座ったベンチの真ん中には、花火が寄越した手紙が置いてある。

手紙の中には雪代さんへの謝罪の言葉も書いてあったので、その部分を先ほど雪代さんに見せたのだった。

「やっぱり花火はプライドを捨ててでも、俺をはめようとしてるのかな」

「でも、一ノ瀬くんの知ってる花火ちゃんはそんなことをする子じゃないんだよね？　となると、一ノ瀬くんの鞭から飴へ作戦が成功したってことじゃないのかな」

「俺がちょっと優しくした程度で改心するかな……」

「ちょっとの優しさではない気がする。一番弱っている時に、救いの手を差し伸べられたんだよ？　しかもそれをしてくれたのは、自分のことを嫌いになってしまった片想いの相手だったんだから。花火ちゃんも素直な気持ちで、一ノ瀬くんの言葉を受け止めることができたんじゃないかな」

「俺は、花火が俺を好きだってことも嘘としか思えないよ」

「それは……」

　雪代さんは眉を下げたまま、考え込むように沈黙した。

「……花火ちゃんが今まで一ノ瀬くんにしてきたことは、絶対に間違っているよ。一ノ瀬くんは花火ちゃんを許す必要もないし。だからこれはひとつの考えとして聞いてほしいんだけど、いいかな？」

「うん、もちろん」

「花火ちゃんは本当に一ノ瀬くんを好きだったんだと思う。ただ想い方、愛し方を間違えてしまったの。一ノ瀬くんのことが好きすぎて、その気持ちに飲み込まれて、大事にすることや幸せを願うことより、自分の傍にいてほしい、他の人に取られたくないっていう独占欲ばかりが強くなってしまったように感じるの」

「……」

「すごく好きだからって、それは決して言い訳にも免罪符にもならないけれど。恋をしてると自分でもコントロールできないほどの感情に襲われることが何度もあるから、その時に間違った方向に流されてしまうと、自分も相手も不幸にしちゃうのかもしれないね……」

「……なるほど」

花火の好意云々を認めるつもりはまったくなかったけれど、不思議なことに雪代さんの口から語られた言葉は、俺の中にすんなり入ってきた。

「でも百歩譲ってそんなふうに人を好きになるのは、やっぱり花火がまともじゃないからだよね」

「……どうかな。私も嫉妬したりしちゃうよ……。一ノ瀬くんが、私以外の女の子と話してると、私だけとしゃべってほしいなって思っちゃうし……。ごめんね」

「えっ、い、いや……」

「……そういう恋愛の嫌な部分を聞いちゃうと、一ノ瀬くんはもう私からも好かれたくないって思っちゃう……？」

「雪代さんからも……？」

「……私が一ノ瀬くんを好きなことで、一ノ瀬くんを苦しめてしまう……？」

雪代さんが俺のことで嫉妬してしまうという事実が、まだちょっと信じられないけれど、たとえそうだとしても花火にされたように嫌悪感を抱いたり、恐怖を感じることはない。

むしろ、そこまで俺を好きでいてくれているのかと思うと、正直舞い上がってしまう。

隣の雪代さんに視線を向けると、彼女は不安そうに俯（うつむ）いている。

花火と雪代さんは別の人間だと、俺はちゃんとわかっている。

それに花火に苦しめられた過去のせいで、雪代さんとの未来を描けないなんて絶対に嫌だ。

俺の情けない過去をそのまま受け止め、いつも優しく寄り添ってくれている雪代さん。

今だって、雪代さんが傍にいて、話を聞いてくれたからこそ、冷静な気持ちを取り戻すことができたのだ。

「……雪代さんが俺を好きだと思ってくれていることは、正直いまだにほんとかなって気がしてるんだけど、でもそのことを嫌だなんて感じたことは一度だってないよ。それに今は雪代さんのこと、かけがえのない大事な人だって思ってる」

雪代さんの瞳を見つめて、まっすぐ伝える。

ハッと息を呑んだ雪代さんの頬が、朱色に染まっていく。

「うれしい……」

そう言うと、雪代さんはベンチの上に置いていた俺の手にそっと触れてきた。

その温（ぬく）もりがとても落ち着く。

「雪代さんがいてくれなかったら、俺は恋愛というものへのトラウマが消せなくて、恋なんて

絶対したくないって考えになっていた気がする」

「一ノ瀬くん……」

「ありがとう、雪代さん。恋愛の温かい部分を俺に教えてくれて。雪代さんのおかげで本当に救われたんだ」

　雪代さんは目に涙を浮かべながら、にっこりと笑ってくれた。

——苦しみを与える恋があれば、その傷を癒（いや）してくれる恋もある。

その事実を学べたからこそ、これから先の人生で、俺自身は絶対に好きな人を傷つけるようなことはしたくない。

　そんなふうに決意して、俺は雪代さんの手のひらを、できるだけそっと握り返したのだった——。

あとがき

こんにちは、斧名田(おのなた)マニマニです。

このたびは『幼馴染彼女のモラハラがひどいんで絶縁宣言してやった　～自分らしく生きることにしたら、なぜか隣の席の隠れ美少女から告白された～』をお手に取っていただきありがとうございます。

ダッシュエックス文庫でラブコメを出させていただくのは、二〇一六年発売の『死んでも死んでも～』の二巻以来なので、六年ぶり（！）となります。ファンタジーにはファンタジーの良さが、ラブコメにはラブコメの良さがあるので、どちらのジャンルも盛り上がりが継続してくれるといいなあと思っています。

イラストを担当してくださったＵ３５(うみこ)様、とてもかわいい雪代(ゆきしろ)さんと花火(はなび)ちゃんをありがとうございました！　実は表紙のイラストを見るまで、タイトルが今とは少し違うものだったのですが、雪代さんかわいさに合わせて変更することになったのでした。

また、担当してくださったT山さんをはじめ、本作の出版に関わってくださった方々にも心からの感謝を……！　皆様のお力添えのおかげで、とても素敵な本が完成いたしました。本当にありがとうございます。

そして何よりも、本作を手に取ってくださった皆様！　好きの気持ちが空回って問題行動を繰り返す花火と、包み込むような愛情を注いでくれる雪代さん、二人の女の子の好意の形を楽しんでいただければ幸いです！　皆様にとって幸せな読書時間になることを願っています。

それではまたどこかで！

二〇二二年十月某日　斧名田マニマニ

この作品の感想をお寄せください。

あて先　〒101-8050　東京都千代田区一ツ橋2-5-10
集英社　ダッシュエックス文庫編集部　気付
斧名田マニマニ先生　U35先生

ダッシュエックス文庫

幼馴染彼女のモラハラがひどいんで絶縁宣言してやった
～自分らしく生きることにしたら、なぜか隣の席の隠れ美少女から告白された～

斧名田マニマニ

2022年11月30日　第1刷発行

★定価はカバーに表示してあります

発行者　瓶子吉久
発行所　株式会社　集英社
〒101-8050　東京都千代田区一ツ橋2-5-10
03(3230)6229(編集)
03(3230)6393(販売／書店専用) 03(3230)6080(読者係)
印刷所　大日本印刷株式会社

ISBN978-4-08-631492-3 C0193

その癖…好きかも
学校でも——
可愛すぎる!!!
ニコニコ漫画【水曜日はまったりダッシュエックスコミック】で
大好評連載中!
最新話はコチラ!

家の中だけじゃなくて――
んしょ
うちの嫁が
甘々な新婚生活は
どんどんエスカレート⁉

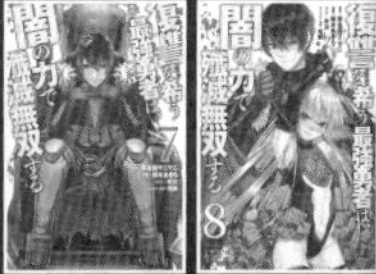

大好評

死んでも死んでも死んでも好きになると彼女は言った
斧名田マニマニ
イラスト／竹岡美穂

死んでも死んでも死んでも死んでも忘れないと彼女は泣いた
斧名田マニマニ
イラスト／竹岡美穂

異世界でダークエルフ嫁とゆるく営む暗黒大陸開拓記
斧名田マニマニ
イラスト／藤ちょこ

わたしが恋人になれるわけないじゃん、ムリムリ！（※ムリじゃなかった!?）1～4
みかみてれん
イラスト／竹嶋えく

陵介が出会ったのは、夏の三ヶ月しか生きられない美少女・由依だった――。鎌倉を舞台におくる、今世紀もっとも泣けるラブコメディ。

夏の三ヶ月しか生きられない由依と、一年後の再会を誓った陵介。約束の日、待ち合わせ場所に現れたのは、信じがたい姿の彼女で…。

引退後のスローライフを希望する元勇者に与えられた領地は暗黒大陸。集まって来る魔物たちと一緒に未開の地を自分好みに大改造！

ぼっち女子が高校デビューしたら学校の超人気者と友達に。でもある日、愛の告白をされて…!?　ノンストップ・ガールズラブコメ♥